医の小説集

一口坂下る

NAKAHARA IZUMI
中原 泉

テーミス

医の小説集

一口坂下る

医の小説集◆一口坂下る

装丁デザイン――八木千香子

一口坂下る

一

したたかに腰を打って、そのまま固い地面を滑りおちていく。両手をバタつかせて、無我夢中で指先にふれた小枝をつかむ。泥をけずって急坂の途中に、ようやく止まった。満天が、万華鏡のようにめくるめく廻る。激しいめまいに朦朧《もうろう》としながら、全身が匂いたつ芳香につつまれる。まぎれもなく、あの金木犀《きんもくせい》の花と知る。

どれほど過ぎたか、目映い陽がまぶたを射す。まばたくと、両手に細い灌木の柴を握りしめていた。指の間からにじみでた血が、赤黒く凝固した。泥をあびた白いワイシャツが、鋭い木枝に幾筋も裂かれていた。ワイシャツに染みた金木犀の残り香―気付け薬のように噎《む》せた。

…男児を抱いたサクラを追った…牛込濠《ほり》をのぞむ土手堤…桜樹に陰るベンチに倒れこむ…暁天を見あげた瞬間、金木犀の芳香に巻かれて天空に吹きあげられた…。

呆然と、群青《ぐんじょう》の空をあおいでいた。つい先きまでいた飯田橋界隈の残像が、走馬燈のようにうら悲しく彩る。時間と空間を超越して、瞬時にして別天地に移動していた。東京は秋だったが、ここは明らかに陽春だ。青々と繁茂する灌木が、息苦しく視界をさえぎる。

何処なんだろう?…小林は夢現《ゆめうつつ》に問う。

彼には、タイムスリップした自覚はあった。肉体が時空を超えた—そのありえない事態を他人事《ひとごと》のように客観視できた。なぜなら、この十日間の間、飯田橋で三人の江戸時代人の飛来に遭遇した。若い妊婦、斬られた貧乏侍、天然痘に患った子供…彼らと同じ超常現象が、わが身に起きたと得心する他ない。

サクラは、どうした!?。

ふいに靄《もや》った脳裏が醒め、うろたえて辺りを見回した。柴の手が痛み、腰がひどく痺れた。あのタイムホールに呑まれたのだから、同じ時代、同じ場所に移動したのではないか…母子は、この近くにいるかもしれない。

今日は、二〇一一年(平成二十三年)の十月九日だ。妊婦サクラは十日前、遠く江戸の時代からタイムスリップし、牛込堤の桜樹の叉《また》に落下した。奇しくも散歩途中の小林は、彼女の第一発見者となったのだ。それから、彼の流転がはじまった。

平成の産院で、サクラは、ぶじ双子を産んだ。十日後の今朝方、女児を置き去り男児を抱いて、黙って帰路についた。サクラ母子は無事、元きた所へ帰還できたのか。万が一、別の時代別の場所に空転したら、二人は時空の迷い子になってしまう。それは、考えるだに恐ろしいことだ。故郷に帰れなければ、せめて同じ、ここの世に落下していてほしい。

道端に垂れた枝をつかみなおし、ようよう斜面に両足を踏んばる。血だらけの片手をかざし、「サクラさーん」と叫ぶ。喉がかすれて、声が切れ切れになる。耳奥が妙に静まり、母子の声も気配もない。

もうサクラたちには、会えないかもしれない…暗澹《あんたん》と母子の行く末を案じる。ようやく屈んだ背を反らすと、あッと息を呑んだ。

眼下はるかに霞む水平線まで、見渡すかぎり野生の低樹林が、一望千里、大海原《おおうなばら》のように茫々と広がっていた。青臭い微風が、目高の樹上を波打つように下っていく。

ここは何処だ!?。

原始時代の山麓《さんろく》か、人家も人影もない。いや、この急坂は人が踏みかためた枝道だ。時代も場所も見当つかないが、目の前には紛れもない現世がある。いくらジタバタしても、この不条理な現実は否定しようがない。はからずも、非日常的な事変に巻きこまれながら、なぜか小林には平成と隔絶された恐ろしさはない。

ふらふらと、滑り台のような細い坂を下る。スニーカーは脱げていないので、なんとか歩ける。尖った小枝が、ピシピシと両脇を打つ。しばらく下ると、樹林が乱れて銀鱗のように照り映える。新緑の重畳《ちょうじょう》に隠れていたが、その先は川だ…いや池か?と戸惑いつつ足早になる。

ゆれる青い水面《みずも》が迫ると、樹林が切れてにわかに赤い陽炎《かげろう》が燃えあがった。思わず足を止めて、目の錯覚と見誤る。庇《ひさし》にとどく真紅の生け垣が、置き石をのせた粗末な茅葺《かやぶ》き屋根の四囲を取りかこむ。

目を凝らすと、丹精された生け垣が厚い壁のようにあばら家を守る。飯田橋でも散見したものの、彼は燃え盛る樹葉がカナメモチとは知らない。初夏に若葉が赤く染まり、鮮紅に色づくのをベニカナメとよぶ。まさに荒家は、赫々《かく》たる紅《くれない》の家であった。

遅れて、人がいる！と小躍りした。無人の世でなかった、という言い様のない安堵感。わずかな間なのに、人恋しさに飢えた自分に愕然とする。「誰かいますかあ！」よろけながら、逸《はぐ》れ犬のように喉笛を鳴らした。「誰かあ、いますか！」

呼び叫んでも返事はない。近づくと一軒家、赤い家はしんと沈んでいた。生け垣沿いに竹竿の物干しが立つ。一列に並んだ赤染めの着物が、微風をはらんで揺れている。干し物も真っ赤と怪しみながら、「誰か…」と声を振りしぼる。そのまま倒れこみながら、小林は、耳遠くに透きとおる少女の声を聞いた。

二

京子や谷が、血眼《ちまなこ》になって捜している。

京子は嫁いだ一人娘、谷は虎の門産婦人科病院の看護師長である。彼女は、運びこまれたサクラの出産を看た。今朝方「あとで電話します」、と言い残して小林の連絡は途絶えた。朝未だき、牛込堤には目撃者はいない。土手下に、自転車が横倒しになっていた。桜樹の根元に、彼のアナログ時計が落ちていて、針を刻む。

彼はサクラ母子を追ってタイムスリップしたと、谷は、その不条理を認識していた。京子は、そんな絵空事を信じるはずはない。四年前に定年退職した父は、それ以来携帯電話をもたない。友人も少ないし遊びかよう所もない。

いち早く谷は、三人の江戸時代人を調べる麹町署の刑事をよぶ。一連の超常事件に翻弄された彼らも、サクラ母子と第一発見者の失踪に半信半疑だ。土手の藪中や中央線の線路沿いを隈なく捜索する。濠に幾艘ものボートをだして、あおみどろの水底を探る。八方手を尽くしても、三人とも神隠しにあったように忽然と消えた……。

京子や谷の顔が、遠く近く濃く淡く夢幻に浮かんでは消える。娘の叫ぶ声は空しく霧散し、答えられないもどかしさに悶える。

「あッ、気がついた！」

頭上に甲高い少女の声がはじけて、ゆるやかに霞んだ意識が醒めていく。じきに、一刻、気を失っていたと知る。狭い視野一杯に、少女の白い顔が迫っていた。「お父ぅ、お父ぅ」と、手毬《まり》がはずむように父親をよぶ。

頭上に、大柄な男の影がかぶさる。「気づきなったか…」野太い声が山出しに降ってきた。抑揚が奇妙に外れて、聞きづらい。首をもたげようとするが、力なく両肩を落とした。額から濡れ手拭がずれおちて、少女がやさしく手を添えた。

「まだ寝てな」と、彼女の後ろから男がなだめる。手拭を額にあてなおし、少女は「お父ぅ」と安んじた。古い呼び方だが、耳慣れたトーンだ。「たまげたなあ」と男は、誰かに奇妙な年寄りの出現を愚痴った。朧気に、もう一人の気配がする。少女の母親…三人家族なんだ、と漠然と安堵する。

丸太の柱が支える茅葺きの天井をあおぐ。むかし、復元された竪穴住居をのぞいた記憶がよみがえった。あの江戸時代の三人は過去から未来へ順行したが、どうやら自分は未来から過去へ逆行したようだ。たしかに、現在世に在り過去世に在ったが、彼には、今は現在なのか過去なのか定かでない。だが、ここの世は、決して仮想のバーチャル空間ではない。

藁《わら》の莚《ござ》を敷いた板の床に寝かされていた。つっかい棒であけた半開きの板窓から、ベニカナメに映えた赤光が射しこむ。青臭い水藻の匂いが、板間までねっとり漂う。

枕辺に坐って少女が、木椀を差しだして口元におしあてた。口をとがらせて生温い水を啜ると、そのまま一気に飲み干した。時空を超えたとき、身体の水分を失ったらしい。気を利かして二杯目が手渡された。ありがと…胸元をびしょ濡れにして、渇を癒した。…旨い水だ。

少女は、際立つ富士額に切れ長の目を瞠《みは》っていた。麻織りのねずみの小袖着から丸い膝小僧がのぞく。椀をかえしながら、「いくつ?」と優しく問いかけた。はにかむと思ったが、「七つ」と無心な声音がかえってきた。彼女は凛《りん》とした面立ちで、むかしの美人の瓜実顔《うりざねがお》だ。

土間から父親が、小声で彼女をたしなめた。不意の来訪者…行き倒れの奇妙な年寄りに用心している。いそいで「すいません」と詫びながら、重たい半身をおこした。かさねて介抱を謝する声が、途切れた。

土間には、鼠色の頭巾をかぶった男が立ちはだかっていた。目元だけ開いた頭巾の奥から、血走った両眼が爛《らん》々と睨む。首まわりには、幾重にも太紐をまいて固くむすぶ。彼の後ろにいる女も、同じ頭巾に顔を隠してかたくなに視線を拒む。その異装に言葉を失って、目をそらした。ふたり共、洗い晒しの野良着をまとい、長い袖が手首までおおう。

大柄に見えたが、男は一・五メートル足らずだ。昭和二十二年生まれの団塊の世代の小林は、一・七メートルある…だいぶ、時代が離れているようだ。女も小柄で、体つきからみて若い。二人とも二十代前半かと思う。

「お母ぁ」珍客に人見知りもせず、少女は嬉々として跳ねる。胸元で折鶴のように小さな指を折り曲げ、爺《じじ》はだれ?と問うたようだ。女は黙って平手で制止したが、少女の手ぶりは拙ない手話のように見えた。唖か…。女の浅黒い諸手《もろて》に、少女の白い肌がまぶしい。

二人は、スニーカーにシャツとズボン—異様な風体に警戒心を解かない。彼らには、七三にわけた胡麻塩《ごましお》の髪型も風狂だ。いったい何者なのか、訝《いぶ》かしい。興味津々、無邪気にせがむ少女の問いに答えようがない。

三

思いきって「ここは、どこですか?」と恐るおそる尋ねた。言葉は通じるようで、男は咳払いで取りつくろう。女は、唖のように黙りこんだままだ。目を合わせず、「私は、小林聖《きよし》といいます」とおだやかに名乗る。「こ、ば、や、しです」と鼻先を指して、ゆっくりと繰りかえした。「東京の生まれです」東京という地名にも反応はない。さすがに、平成時代から来ましたとは言えない。

「いまは、なん年ですか?」

こんどは、遠慮せずに問うた。赤い目がしばたたいて、男の眼光が萎えた。西暦を用いる時代ではないと知るが、年号がわかれば見当がつく。男の白けた素振り…まだ年号のない時代なのか、それとも彼が年号を知らないのか。先史時代には思えないが、と途方に暮れる。

すると、「こばやしさん」とくぐもる声で名前をよばれた。男は胸を叩いて「ざぶ」と名乗り、「よね」と女を指し、少女のお河童頭に手をおいて、「きぬ」と教えた。どうやら、この年寄りの大男は、害をなす人物ではないと覚ったらしい。「ホーホー」と両手を打って、ざぶ?、米、絹…と幾度もうなずいた。「キヌちゃん、いい名前だねえ」

床をいざって、土間に泥まみれのスニーカーを脱いだ。それが間違いなく履物と知ると、キヌは、「お母ァ」と擦りへった母親の下駄を指した。目敏く足を入れて紐でむすぶと理解し、その物珍らしさに小躍りして喜ぶ。彼女は、不思議な老人の一挙手一投足から目を離さない。

忙しくヨネが、表から紅色の干し物を取りいれる。彼女はだんまりで、まだその声を耳にしていない。乾いた布の匂いが、粉のように舞う。手際よく畳みはじめた着物は、どれも子供用の小袖着である。身頃は大小不揃いで、継ぎを当てたものもある。どうやら、あつめた着古しを赤く色染めしたらしい。二十枚ほどが、細紐で十文字に束ねられた。むらのある雑な染色をした安手な小袖だが、売り物にするのだろうか。

三日前、市ヶ谷濠の釣堀に落下した三人目の男児は、赤い小袖を着ていたと聞いた。その翌朝、子供は天然痘患者と報じられて、内外を震撼させた。天然痘は一九八〇年、地球上から根絶されたはずであった。ところが彼は、江戸時代に天然痘ウイルスに感染して、そのまま平成の世に到来したのだ。

この発疹性の急性伝染病のあらましを谷に教えられ、定年退職した千代田女子大学の図書館を漁《あさ》った。むかし〝疱瘡《ほうそう》は美面《みめ》定め、麻疹《ましん》は命定め〟と恐れられていた。疱瘡いわゆる天然痘は、麻疹いわゆるはしかより死亡率は低かったが、治療後、死にまさる醜い無残な痘痕《あばた》をのこした。

一命を取りとめた患者は、人里はなれた山奥に隠れ棲み、折々に餓鬼《がき》や山姥《やまんば》と化し忌み恐れられた。ふたりの頭巾姿を一見して、小林は、あばた面隠《づら》しと察した。彼らもまた、集落を避けて里山の離れ家に細々と暮らす。あばたは見ずとも、紅花の花弁《はなびら》をしぼって染めた小袖―その赤が、二人のあばた面を一目で証明する。古来、疱瘡の痘鬼は赤い色を嫌うとされ、魔除けを念じて子供たちに赤い着物をまとわせた。

キヌは物怖じせず、小林のかたわらに坐って独り御手玉をはじめた。小さな両掌が、詰めた小豆《あずき》を鳴らして三つの小袋を巧みに打ち跳ねる。しばし彼は、久しい女児の遊戯に見惚れた。

その御手玉を追いながら、欝々と物思いに沈む。大病もせず大過もなく平凡な六十四年を過ごした。妻に先立たれて一人暮しに悔いも欲もなかった。ところが、十日前に桜樹にサクラを発見して、余生が一変した。思いもかけぬ超常現象に巻きこまれ、今、余人が体験しえない世界に生きる。平々凡々と過ごした人生のツケが回ってきたのか。なぜ私が…この摩訶《まか》不思議。

そのとき「爺ィ」と急くキヌの声、彼は、反射的に目前をよぎる御手玉を掌中に捕えた。

四

きのう川と見えたのは、沼であった。

朝方、濃い靄《もや》がはるか水面を這うように棚引く。晴れていくにつれて、向う岸まで優に二百メートル、左右は蛇行しながら限りなく延びる。泥深い巨大な沼…。水際から瑞々しい蓮《はす》が群生し、大振りの葉をかさねて水面をおおう。どんより沈む水面は、ぎらぎらと銀鱗を照りかえす。ふつう、水深五メートル以下を沼といい、泥土に黒藻や房藻が繁茂する。幼時にみた小沼の記憶をくつがえされ、小林は、大自然の凄みに恐れおののく。

水辺を打つ羽音、誘われて天をあおいで、「うわァ」と絶句した。上空を、白い大鳥が群をなして悠々と舞っていた。長い首をもたげ、大きな羽根をひろげて静かに優美に飛び交う。白鷺《しらさぎ》だ─彼は知らないが、全長一メートル半もあるサギ科の大鷺《だいさぎ》である。むかしは、無数の大鷺が縦横無尽に大空を飛翔していたのだ。その壮観に驚嘆し昂揚が止まない。平成の世では、佐渡島のトキ数羽の飛翔に一喜一憂していた。

「ご飯よ」下駄を鳴らしながら、小走りで呼びにきた。キヌは、家族がふえたと思っている。小林は、水辺に出張った板組みの汲み場に坐っていた。我にかえって、息をはずませる彼女の手をつないだ。天空の鳥群は、キヌにはありふれた眺めだ。これほど大鳥が群棲するのは相当に古い時代だな?、と彼は自問していた。嬉しくてキヌは、つないだ手を振りふり歩む。腰に鉈《なた》を下げてザブが、戸口脇の軒端《のきば》に薪《たきぎ》の束を積みあげる。軒下に、竹の鳥もち竿が一本立てかけてある。鳥もちの虫捕りは昭和時代まであったが、ここではキヌの遊びではないようだ。

朝飯は、湯気のたつ熱い粥だ。

竈《かまど》に焚いた鉄鍋から、ヨネが椀によそってキヌに手渡す。行き先も分からずタイムスリップして、親切な一家に助けられた。この幸運に感謝せねば罰があたる。心中、手を合わせつつ小林は、居候を極めこんだ。世界が変わると、こんなにも図々しくなれるのか。キヌが、莚上に椀を置くのを待つ。椀を手にしてキヌは、寄り添うように彼の横に坐った。とにかく天性、人懐っこい子だ。

ザブとヨネは、上がり框《かまち》に坐ると、背をむけたまま頭巾の前をさげて粥を啜る。きのうの夕飯も同じだったので、素知らぬふりをする。稗《ひえ》、粟《あわ》、黍《きび》、豆を混ぜた粥で、京子が調えた五穀米に似た味だった。木匙であつあつと掻きこむと、わらび、ぜんまい、三葉芹《みつばぜり》が刻んである。さり気なく肩越しに見ると、ふたりは、胸元で手真似を交わす。やはり、ヨネは聾唖者らしい。

キヌを手伝わせてヨネは、手際よく朝飯の片付けをした。そのあと、行儀よく坐ったキヌの後ろに膝をたてる。朝の日課なのだろう、ヨネはやさしく娘の髪を梳《す》く。楕円の木櫛が、漆黒《しっこく》のお河童を艶やかに透きとうる。思わず惚れ惚れと、小林は、母娘の優姿を見つめた。幼い娘に頭巾を脱げないヨネ…にわかに、彼女の哀れが目尻に滲みた。

「一時間ほどで戻ります」一言、ザブに断わって辺りの探索にでる。袖付きの長着を野良着に着替えながら頷いたが、〝一時間〟が彼に通じたか心許ない。どこかで腕時計を失くしたので、正確な時刻はつかめない。

大沼はとても渡れないので、とにかく、きのう滑りおりた急坂を登る。息を継いで一歩一歩踏みしめると、あとをキヌがついてくる。「おや、キヌちゃん」と親しく声掛けした。「案内してくれるの?」〝案内〟が分からないらしく、神妙に口をつぐむ。藁草履《わらぞうり》を履いていて、足取りは軽い。

うしろから、「じぃは、いくつ?」と問いかける。振りむいて「六十四歳だよ」と答えると、キヌは目を見張った。ろくじゅうし、とおうむ返しにつぶやいて、あどけない眉をくもらせた。数えられるが、彼女には途方もない年齢であった。…気立ての優しい子だ。江戸時代であれば、乳幼児の死亡率が高いので、平均寿命は三〇歳だ。むかし、智歯は〝親知らず〟と呼ばれた。もっとも萌出の遅い智歯が生える頃には、親の寿命は尽きていたからだ。

背丈を越す灌木の間をよろけながら、五分ほど上ると、枝道がT字の広めの道にでた。どうやら三〇〇メートルほどの坂道から、平らな高地に登りつめたらしい。幅広い踏みかためられた半間《けん》ほどの本道である。薫風が、汗ばんだ頬のあたりを撫でてゆく。馴染みの道筋らしく、キヌは、手折った小枝をくるくる振りまわす。

ふと右方を見やって、愕然とした。

はるか本道の先、山並みの向うに、残雪を冠した秀麗な山がクッキリと聳《そび》えていた。一瞬、富士山だ！と総毛立った。「ふじやまよ」と、キヌが無造作に小枝を指した。ここで、富士山を望見しようとは…富士山を望めるエリアにタイムスリップした。不覚にも、小林は動転していた。

時たま、飯田橋のホテルや大学の最上階から富士山を眺めた。ビルの谷間に、霊峰富士が霞んでいた。ここの世でみる今日の富士山は青天下、山頂から美しい双曲線を描いて裾野へひろがる。その壮麗な全景に懐郷の念が込みあげて、小林は、おろおろと合掌していた。彼は、我が身に降りかかった異変に気丈に対応しようと、腹を据えていた。富士山をあおいだ瞬間、その意地が脆くも崩れさった。

もっと近づきたいと、小林は、富士山にむけて足早に歩いた。じきに、本道が途切れて台地が深く下る。のぞきこむと、窪んだ底に青暗い沼がよどんでいた。長い大沼の行き止まりだ。

台地の縁に立って、両手をかざして富士山を仰視する。まだ五合目辺りまで白雪が残る。富士山から東京までおよそ一〇〇キロあるが、飯田橋から見たのとほぼ同じ大きさだ。今みる富士山は西の方角にあって、視界には山頂から右斜めに吉田大沢が望める。大沢崩れにつぐ沢で、北向き斜面なので雪解けが遅い。それは、飯田橋からと同じ眺望であった。散歩の通り道だった九段の法政大学の裏には、西方にまっすぐ富士見坂がある。江戸時代には、ここから富士山の絶景を愛《め》でたという。

「じィ」ふりむくと、キヌが屈託なく彼を見あげていた。

五

茹《う》でた筍《たけのこ》が昼飯だった。

朝方、ザブが遠く竹藪で孟宗竹の若芽を掘った。竹皮を丸ごと真二つに切って、湯気のたつ旬の茎にかぶりついて噛みほぐす。歯ざわりに口内が痺れた…こんな旨い筍は食したことがない。

キヌは、賽子《さいころ》に切った筍をつまみ、口の中で頬返しする。涼しいまなざしを向けて、「爺ィ、いつしぬの?」と無邪気に問う。ときに、幼児《おさなご》は老人に酷い質問を浴びせる。七つと聞いたが、数え年だから満年齢では六つになる。竈から、ヨネが手話を飛ばして叱った。キヌは、子供心に小林の老い先短い年齢を案じたのだ。うつむく彼女に、「爺は、まだ生きてるよ」と笑いをかえした。平成の男性の平均寿命は八〇歳とは、彼らには言えない。

筍の汁が口元にあふれて、味わいが消えない。ズボンのポケットからハンカチを引っぱると、小さなコインが転がりおちた。拾うと、穴のあいた銀色の五〇円玉であった。共にタイムスリップした硬貨…平成十五年の印字があった。「キヌちゃん」彼女の小さな手の平に乗せると、やさしく「あげるよ」とにぎらせた。「御縁があったね」

拳をにぎったままキヌは、「これ、しってるよ」とささやいた。えッ?と耳をそばだてたが、聞き違いか。彼女は小躍りして、ヨネの頭巾の前に拳をひらいてみせた。

スニーカーの紐をむすぶと、「うみ、いく?」と、キヌの利発は彼の探索先を教える。虚を突かれて、「エッ、海があるの!?」と素頓狂に張りあげていた。周辺の地形を探ったが、海には考え及ばなかった。この近くに海があるのか──もちろん太平洋だ。あのT字路の左方だろう、と見当はついた。

「じィ」きらきら目を輝かせて胸元を見せる。「くびかざりよ、くびかざりよ」ヨネの工夫だろう、五〇円玉の穴に細紐を通して首にかけた。「可愛いよ。キヌちゃん」いとしさが込みあげて、彼は、少女の黒い髪を幾度も撫でた。首飾りをにぎったまま、キヌは、藁草履をつっかける。ヨネが沼から切りとった蓮の葉を二本、娘の腰帯に吊るした。

キヌの手を引いて、前後ろになって急坂を急いだ。はやく海が見たい、という子供じみた欲求に駆られていた。T字路に立つと、キヌは、「こっち」とやはり左方を指した。本道はふたり並んで歩ける。ここで彼らは、ヨネがもたせた蓮の葉を頭にかざした。太い茎を柄《え》にして強い陽射しを避ける。このいにしえの傘がなければ、まともに日射病だ。

つないだ手を振りながら、彼女は独り喋りをはじめた。「お母ぁは、はなしできないの。でも、みみはきこえるよ」やはり、母親は唖者であった。生まれついての障害か、後天的な疾患か…。「だから、ゆびではなすの」拙ない指づかいだが、彼らには通いあう手話なのだ。蓮の傘を回しまわし、キヌのお喋りは小鳥がさえずるように心地好い。

額に玉の汗があふれ、シャツの脇が滲みた。歩き慣れているらしい、キヌのまなざしは明るい。二〇分ほど歩いたか、短い急坂を下る。二股に分かれるが、キヌに引かれて右に曲がる。そこから、擦れちがう人もなく三〇分余りを歩む。「キヌちゃん。海遠いねえ」と、つい愚痴をこぼした。毎朝、飯田橋から市ヶ谷を回り、足には自信があったが、舗装道路とは勝手がちがった。

だしぬけに、茂りあう熊笹を鳴らして、鼻をつく潮風が吹き抜けた。思わず、海だあ！と奇声をあげて、生い茂る熊笹をかきわけた。「じぃ！」キヌの一声に踏みとどまると、はるか遠くに打ちよせる潮騒が耳朶《じだ》に響いた。海だ！…太平洋だ。

にわかに、険しい崖の岩肌を乱打して、白い海鳥が群れをなして急上昇してきた。鋭い羽先の束に殴打されて、小林は崖の縁にのけ反った。無数に入り乱れて、ひとしきりギャアギャアと鳴きさわぐと、美しい羽を揉み合いながら、切りたつ岩壁を急降下していく。小林の網膜に、群舞する純白に鮮紅が点々と流れ散った。

夥しい野鳥は、嘴《くちばし》と両足が赤いユリカモメと知る。全長四〇センチほどだが、野生の威勢がある。海岸に群棲し、春にシベリア方面へ渡る。ここの世では、ユリカモメの喧騒は尋常ではない。

我にかえると、熊笹のうえに腰を抜かしていた。キヌの小さな両手が、背中のバンドを握りしめている。ふたり共、顔から肩へ羽毛と糞《ふん》にまみれていた。喉が嗄れて声にならず、小林は、ひしとキヌを抱きよせた。

六

スニーカーを引きずって、来た道をもどる。

あの崖下には、入り江や河口が入りくみ、海岸線は果てしなくつづく。崖上からは紺青の大海も見えないが、悠久の波音が寄せては返す。

草臥《くたび》れはてて道端にへたりこむ。

「じぃ、あまいよ」細腕でへし折ったのか、青ばんだ長い茎を差しだした。ささくれた皮にしゃぶりつくと、甘い汁が唇をこぼれた。「甘い！」まだ熟さないが、幼い頃に畑で啜った砂糖黍《さとうきび》だ。面妖な懐旧を忘れて、「甘いねえ。キヌちゃん」と破顔一笑していた。

辺りには起伏はなく、いくら背伸びしても地形は一望には見渡せない。西方に富士山を遠望し東方の太平洋まで、海抜は高いから四方には相当に広い台地を推測できる。

…ここに来たことがある。先程から漠とした既視観に囚われ、小林は、妖しい幻覚にゆれていた。それは郷愁ではないし、異郷を寂しがるのでもない。心象風景は平成とはまるで異なるのに、この地に奇妙な親近感を憶える。…どこか懐かしい。いま居る場所が、初めて訪れた異境には思えないのだ。彼は、この本道は決して未知の道筋ではない、と確信した。この道は、歩いたことがある…。

一家は、暮れないうちに早々と夕餉《ゆうげ》をすませる。

夕飯は朝と同じ粥で、冷めている。薪を倹約して朝に一日分を炊くので、温かいのは朝飯だけだ。一品、銀鮒《ふな》の塩焼が空きっ腹に滲みる。棒になった両足を労《いたわ》りつつ、竹串に刺した厚い身に食らいつく。泥臭さがなく、まことに滋味だ。

暮れなずむ春日影、キヌの興じる御手玉の音が跳ねる。足をさすりながり、五体の火照りはおさまらない。宵の口には、寝床を敷く。彼らは、莚の板間に川の字に寝る。ふたりは、寝るときも頭巾は脱がない。小林は、竈側の奥に寄せた細竹の縁台に海老《えび》になる。浮浪者の身、雨露をしのげるだけでも有りがたい。

目が冴えて眠れず、寝返りをうつ。昼間、一帯の佇《たたず》まいに馴染んだ五感がうすれない。己れを納得させようと、小林は、恐るおそる自問する。…ここは千代田区ではないか。

彼の脳裏には、新旧の地勢と景観が二重写しになって、一円の地図が描きだされていた。その道筋は、富士山をあおぐ市ヶ谷から、靖国神社に沿う靖国通りを通る。戦後、大正通りを改名した靖国通りだが、歩き慣れたここ一キロ半が一間幅の本道に合致する。ここは、あの九段界隈の原風景だ。

つぎに、九段下を曲がって一ツ橋、大手町を抜けて丸の内に至る。東方の太平洋の海岸は、のちの丸の内辺りだろう。その先は、東京駅の向こうの八重洲になる。八重洲《やよす》とは、入り江が幾重にもつくった砂溜りをいう。むかし、丸の内際まで白浜が迫っていて、海辺の小さな漁村は波に洗われていた。江戸時代に埋め立てられて、のちに沖合はるか東京湾が造られた。

辺りは古来、ユリカモメの一大棲息地であった。平成の東京湾には、臨海線の「ゆりかもめ号」が快走する。今のここの世は、江戸時代でないことは確かだった。なぜなら、台地の南にあの江戸城が聳えていないからだ。

昨日は、ビルの立ちならぶ人為の都会だった。今日は、樹林の自生する素《す》の台地である。関東の土壌は、火山灰の堆積したローム層だ。スニーカーの靴底は、新旧時代の土くれにまみれている。昨日と今日についた土砂だから、区別はつかない。

T字路から急坂を下った大沼のほとり…この辺りは、市ヶ谷、九段、飯田橋界隈ではないか。小林の探索は、時代を違《たが》えて同じ圏内にタイムスリップした、と帰結した。それを決めたのは、彼の土地勘だ。奇しくも、三人の江戸時代人と平成時代の一人が落下した界隈…順行と逆行の違いはあるが、この一帯に謎のタイムホールがあるのではないか。

偶然の悪戯《いたづら》か、あの牛込堤から半キロも離れていない…。

七

一家は、寝るのも早いが、起きるのも早い。

「小林さん」とザブの低く野太い声。まだ未明なのに、寝惚け眼に物々しい出で立ちが映る。旅にでるのか…時代物の手甲脚絆《てっこうきゃはん》と野良着が手渡された。「これを着な」うろたえて小林は、「どこへ行くの?・」と尖っていた。

ザブは無口で、支《つか》えつかえの訥《とつ》弁だ。「き、北のほうだ」どうやら、北方へ行商にでかけるらしい。彼は、処々をめぐり歩いて赤小袖着を売る旅商いだ。だから、行く先は定まらないのか。にわかに武者震いして、「ザブ君。私も一緒に行くんだね」と念をおした。

突っ立ったままザブは、暗く冷たく声をひそめた。「おらとヨネは、いもだ…」あとが聞きとれず、「い…?」と問いかえす。ザブは、厭わず繰りかえした。「いもだよ」

小林は、〝いも〟があばたと知っていた。むかし四百四病といわれ、流行《はや》り病いの麻疹や疱瘡がもっとも恐れられた。疱瘡の疱はいも、瘡はかさで、いずれも疱瘡のあとの痘痕―あばたを指す。軽重はあったものの、痘瘡煩《わずら》いのあばた面は醜悪を極めた。

向うで、ヨネが娘の髪を梳く。「おらとヨネは、九年前に煩った」ザブは案外、あっさりと患《わずら》いを告げた。「面《つら》は見せられねえ」黙って、小林は言われたとおり洗い晒しの野良着と腰までの肌着に着替える。手甲と脚絆に戸惑うと、ザブが手際よく紐をむすぶ。やはり、魔除けの赤小袖を売り歩くのが、一家の身過ぎ世過ぎなのだ。付近に村々があるとは思えない…遠路をゆくのか。何日ぐらい巡るのか…赤小袖が売り切れるまでだろう。

一瞬、畳んでいたズボンの手が止まった。ヨネが、娘の背に鮮やかな赤小袖を着せかける。余所《よそ》行きの新調だ―キヌちゃんも連れていくのか!。疱瘡の流行る地に踏みいらなくても、道中、感染の危険は絶えない。すでに発病した両親は、生涯免疫をえている。彼らも、ひとたび患えば二度は罹らないと知る。だが、キヌはまだ感染していない身だ。

「キヌちゃんも、行くの?」

つとめて穏やかに問うたが、頬が引きつる。その声音に肩をゆすって、ザブは「キヌはいもには罹らね」と言い切った。「そんな…」と喉が詰まって、小林は、反射的に声を荒げていた。「ザブ君! キヌちゃんだって移るよ」移る—この言葉は通じない。病原体が人から人へ伝わるという知識は、ザブにはない。

両手を叩いて、ザブの口下手がまくしたてた。「いもの村に幾度もでかけたさ。キヌは、いも煩いに触れても、平気の平左なんだよ」平気の平左衛門とは、古めかしい言葉だ。「キヌには、いもがさ神がついてるから、いもの鬼は逃げる。だから、キヌは決《け》して罹らね」

その剣幕に盾《たて》つかず、小林は、唇をむすんで不服を隠さない。うつむいて脱いだズボンとシャツをぞんざいに紐でくくった。天然痘は法定伝染病で、天然痘ウイルスが飛沫や接触により感染し急性に発症する。幼いキヌが免れたのは偶《たま》々、幸運だったに過ぎない。感染力が強いから、小児は真っ先に罹りやすい。黙りこんで顔色蒼然、小林は、たばねた平成着に目を据えていた。なんとしても、止めなければ…。

「じィ。あたし、いもにならないよ」

赤小袖のキヌが、土間に立って一心に見あげていた。父親と小林のいさかいを止めよう

いよ」

と、円《つぶ》らな瞳を見張って繰りかえす。「あたし、だいじょうぶだよ、じィ。いもにならない。

慈心にたじろいで、小林は、幾重にも頷くばかりだった。キヌの天真に抗する余地はない。彼女の艶やかな黒髪を撫で、「キヌちゃん。赤、似合うよ」と愛でた。小さな唇が蕾んでキヌは、父親の頭巾の窓を見あげた。目をそらしてザブは、「小林さん。あんたは途中までだ。あとは別々だよ」と断りを入れた。いもの流行《はや》りには連れていかないから、安心しろというのか。いもを恐れると取り違えされて、小林は、口をへの字に曲げた。ザブ、水臭いぞ。

初手からザブは、彼を道連れにするつもりはなかった。逆に小林は、天から同行する気であった。私は罹らないと言い返せば、キヌと同じ言い合いになってしまう。昭和時代に種痘の予防接種をした、と説いても通じるはずはない。昭和もワクチンも免疫も、ザブには理解不能なのだ。

暫時、小林は切実な疑問を投げかえす。「ザブ君。君たちと別れて、私はどこへ行けばいいの？」時空をさ迷って一家に身を寄せる身、荒寥《こうりょう》たる野天に放りだされては、野垂れ死にするしかない。老人の泣き落としに、こんどはザブが黙りこむ番だった。頭巾の裏には、困惑する様が透けてみえる。彼の心根は、とにかくシンプルで素朴で善良だ。

「私も連れていってくださいよ」ザブの善意につけこんでも、小林は、彼らと行を共にすると腹を決めていた。キヌは予防接種をしていないから、所詮、ウィルス感染は免れられない。断乎、彼女が疱瘡の渦中に飛びこむのを阻止せねばならない。そのためには、彼らと離れるわけにはいかないのだ。「私、一緒に行きますよ」

小林のかたくなな物言いに、ザブはいらいら両肩をゆする。「小林さん。あんた、いもに罹るよ！」いもの恐ろしさを知らないのか、とザブは地団駄《じだんだ》を踏む。「いも煩いになるぞ」

「じィ」土間に駆けおりてキヌが、健気に父親の言い分に加勢する。「じィはいかんよ。いってはダメ」ザブに手を引かれて彼女は、いもに襲われた村々を幾たびも歩いた。幼い瞳は、病人と死体の惨状を明き盲のように凝視した。いもは、所構わず人を選ばず襲いかかる。爺も危ない！—唇を尖らせて、キヌは小林を止める。爺との別れは辛いが、いもに罹れば爺は死ぬ。「じィ。しんじゃうよ。しんじゃうよ」

小走ってヨネが、後ろから彼女を抱きよせる。大人しくキヌは、小さな唇をきっと閉じた。双方が、互いを思いやって懸命に留め立てする。ザブとキヌは、自分たちは罹らないと信じ、ひたすら小林の身を案じる。反して彼は、医学的にみてザブは再感染しないし自分も感染しないが、免疫のないキヌの感染は必至と疑わない。

「うん、うん、キヌちゃん」彼女の健気に目頭を熱くし、小林は、その場を取りつくろう。「分かったよ。爺は途中まで一緒だね。途中までね」母親の手をはなれて、キヌは花咲くようににっこり笑った、手甲の下で小林の両腕が粟立った…天女のような子だ。

八

朝餉は、南天の葉を添えて、赤みをおびた赤米《あかごめ》である。むろん小林は無知だが、稲の原種である野生稲を継ぐ古代米だ。自生の蓬《よもぎ》の若葉を搗《つ》いた草餅が副《そ》えられた。紅紫の薊《あざみ》花をまぶして、これも赤い餅である。旅立ちは精一杯、厄払いの赤尽しだ。

キヌと小林は床上、ザブとヨネは框が定席である。皆、黙々と赤飯を噛み、赤餅をなめずる。小林もザブも得心していないものの、キヌの手前、大人気ない物別れは避けた。

沈黙をはらってキヌが、茶目っ気一杯に小林のあごを撫でた。「じィ、ひげ」時空を超えると伸びがはやいのか、野山羊《のやぎ》のようなあごひげだ。あごをさすりながら、「キヌちゃん。白いお髭でしょう」と微苦笑した。この時代、人は白髪が生える前に亡くなるから、キヌには白髪も白髭も珍らしい。ザブの剃刀を借りたいが、彼の隠れて剃る不憫《ふびん》な姿が浮かんだ。

旅慣れていてザブは、葛《かずら》で編んだ竹籠《たけかご》を両肩一杯に背負う。籠の裏には、無造作に護身用の小型の鉈を仕込む。首にだぶだぶの頭陀袋《ずだぶくろ》を吊るし、腰には飲用の竹筒、履き捨ての草鞋《わらじ》二足を下げる。キヌの背に小さな頭陀袋を負わせると、ヨネは、甲斐甲斐しく編み笠のあご紐をむすぶ。彼女の頭巾の窓に、おろおろと慈母のまなざしが泳ぐ。旅支度をしないので、ひとり留守を守るらしい。

与えられて小林も、肩にくいこむ竹籠を背負う。籠の底には、汚れたズボンと破れたシャツを丸めこんだ。両方とも手離せない―平成時代の自分を証明する大切な証拠品だから。草鞋では長丁場に耐えられないので、野良着にスニーカーという出で立ちである。

キヌの胸の襟元をめくって、ヨネが裏地の袋に絹織りの御守りを差しいれた。襟元を合わせながら、彼女は、そのままひしと娘を抱きしめた。十日か半月か、しばしの別れだ。着慣れぬ野良着をずりあげ、小林は、祈りをこめて心底に誓った。必らず三人そろって、ここに戻ってくる…。

キヌをはさんで前後に、ザブと小林がならぶ。急坂を下り、右手に折れて台地の端を下る。下方は大沼のどん詰まりで、青黒い淵がよどむ。この辺りが市ヶ谷駅辺りではないか、と第六感が冴える。蓮の群生にさえぎられるが、まちがいなく大沼の遠方は飯田橋方面だ。牛込堤の辺りは、今は大沼に沈んでいると推し量る。帰ったら大沼沿いに探索しよう―にわかに胸が躍る。

淵をすぎると急坂になり、登りきるとなだらかな平地がひらける。神楽坂辺りか…この先は、新宿方面になると疑わない。灌木と雑草の生い茂る雑木林がつづく。ザブは、曲りくねる起伏のある小道を迷わずにすすむ。江戸時代、旅人は一日四〇キロ歩いたというが、本当か。とても、そんな強行軍には付き合えない。早くも弱気になる自分が、情けない。ザブに迷惑はかけられないし、キヌの幼心の手前もある。彼らは一歩一歩、急がず休まず泥道を踏みしめる。

一時間ほどして、一間余りの街道にでる。向かいから、空籠をかついだ農夫らしい男が歩いてくる。ここの世に来て、ザブ一家以外に会った初めての人間だ。働き盛りらしいのに、穴ぼこのように歯欠けている。すれ違っても、うつむいたまま知らん振りである。この辺りには人が住んでいる、と武者震いした。村が近いのか…村人は大勢いるのか。

小林に気づかったのか、ザブは、道端の小陰に少憩をとる。竹籠を下ろして、ごそごそと探る。さすがに、息を継いでキヌも口数少ない。ザブは、キヌと小林に干した無花果《いちじく》を一つずつ手渡す。頭陀袋には、干昆布、干若布《わかめ》、鯣《するめ》、片口鰯《い》の炒り干し、芋の丸干し、大根の丸干し、唐黍《とうきび》、炒り大豆、炒り銀杏、干苺《いちご》、干ぐみの実など。念入りに蓄えた糧食が、それぞれ小袋に詰めてある。小林にはみな、七福神の宝の袋にみえる。ザブの竹水筒を回し飲みして、渇した喉をうるおす。

それからまた、土ぼこりを散らして、変哲もない道をテクテク歩く。むかしの旅は、ひたすら脚力しかない。〈分け入っても分け入っても青い山〉。平成では、小林は俳句教室に通っていた。ふいに、大正・昭和の漂泊の俳人、種田山頭火の雲水姿が寂しく網膜を遠去かった。出家して彼は、行乞《ぎょうこつ》をしながら自由気儘に放浪した。反して小林は、行商の伴をしながら奇々怪々な流転を慨嘆する。

どれぐらい歩いたか、平らな道の両側に黒っぽい耕土がひろがる。畑だ…広くはないが、ここの世に来て初めて人手の入った土地を目にした。まだ灌漑《かんがい》の水田作りは難しいのか、麦と同じに畑に植えた陸稲《おかぼ》だ。どうやら、種蒔きを終えたところらしい。五、六人の百姓が、畔《あぜ》に立って苗床の出来映えを見渡す。百姓は元々、〝ひやくせい〟といって草の根の民をいう。

九

にわかに、百姓たちが畔道を右往左往はじめた。東のゆるやかな丘陵を指して、口々に叫び金切り声をあげる。何事か、彼《か》の方をみても静穏な青い野原がひろがる。いきなり、目が暗み船酔いのように揺らめいた。巨大なうねりが、なだらかな丘の斜面に墨を掃いて、次々に雪崩《なだれ》のように滑り落ちてくる。山が動いている！、驚愕して小林は、夢中でキヌを両手に抱きよせた。

千切れとぶ百姓たちの悲鳴に、ザブが「はたねずみだッ」と呻いた。ネズミ!?、むかし、屋根裏を荒した家鼠一匹がかすんだ脳裏をよぎった。彼は知る由もないが、胴長十センチほどの山野や田畑に棲む畑鼠―その大群であった。

大群は地滑りのように下り、泡たつ波頭が耕した畑に争って襲いかかる。地響きが一帯をゆるがし、全身に砂粒のような風圧を浴びた。「下がれ！、下がれ！」背中の鉈を抜きながら、ザブが後ろの二人に叫ぶ。竦みあがった足裏をずらし、三人は数メートル後退した。

一瞬のうち、チュチュと幾千幾万もの鋭い啼き声が耳朶を叩き、轟然《ごうぜん》と鼓膜をつんざいた。一気に、猛烈な獣の悪臭が土煙となって眼球に砕け、刃のように鼻腔ふかく痛撃した。背をむけて小林は、必死にキヌを抱えこむ。

畑を埋め尽した群れは、荒れ狂い煮えたぎるように黒土を舞いあげる。先頭の列が一斉に高みの街道に飛び跳ねて、仁王立つザブの足元に迫る。爪先をかすめて黒い濁流は、まっしぐらに西の畑へ驀進した。

茫然自失…あとには、頭から泥と糞を浴びて、百姓たちが畔道に伏して立てない。せっかく種下ろした畑は、完膚《かんぷ》なきまでに蹂躙された。狂騒は去っても、目蓋があかず、鼻腔は痺れ、耳鳴りがやまない。何に事にも動じないキヌも放心状態…ようように小林は、彼女の髪を払い顔を拭う。

足元に野鼠数匹、血まみれて転がる。列から弾きだされたところを、ザブが鉈で叩き殺したのだ。小林は、剛毛につつまれた褐色の死骸に身震いして、目を背けた。

大発生した畑鼠は夜行性なのに真昼間、憑《つ》かれたように狂奔し、一過したあとは跡形もない。ここの世では、鳥や獣は無尽に繁殖し、桁《けた》外れの大群となって暴れまわる。そこでは人間は生きものの一員に過ぎず、自然界を支配する存在ではない。街道を横切ったブルドーザーの跡は、ゆうに一町、百メートルはあった。…凄まじい。

しばらく歩くと、ありがたい！、田の用水路に引きこむ小川があった。笠を放ってキヌと小林は川面に顔を沈め、両手で荒々しく洗った。あくまで頭巾を脱がず、ザブは、両袖を手首上までめくって手をすすぐ。さすがの彼も、野鼠の奇襲に消沈していた。その横、川端に坐ってキヌは、冷い流れに白い両足を垂らし、飛沫《しぶき》をはねて戯《たわむ》れる。

それから、小林は遮二無二に歩いた。昼どきになって、街道筋の木陰に休む。ザブのすすめる芋の丸干しにも、一向に食欲がわかない。ここの世の天地万物に圧倒され、骨の髄まで平成の毒気を抜かれていた。「じィ。つかれたの？」と澄んだ声がする。根方にもたれてザブは、束の間の居眠りをはじめる。つられてキヌも、干苺をにぎったまま父親にもたれて寝入る。昼飯を食うのも昼寝をするのも、旅の心得と知る。

鰯の足をしゃぶりながら、小林はひたすら歩く。街道から遠く田畑の中に、点々と農家を眺めやる。幾人も、鋤鍬《すきくわ》をかついだ百姓とすれちがう。顔見知りか、ザブと会釈を交わす者もいる。どの辺りに来たのか見当もつかないが、集落が近い…にわかに、沈んだ胸が騒ぐ。

前方に、子供たちの声がはじける。街道際の農家のまえに、兄妹らしい幼な子が笑いたわむれる。俄然、竹籠の肩をゆすってザブは商いにむかう。赤い小袖を振ってキヌも、父親のあとを追う。キヌが寄り添っていれば、頭巾の姿をみる目もやわらぐ。

土間の框に坐ると、ザブは、折よく種蒔きからもどった主《あるじ》と交渉する。青洟《あおばな》を啜りすり兄妹は、指をくわえて行商のひろげる赤小袖を睨む。百姓には高価らしく、たがいに赤小袖を押しては返す。商売となるとザブは引かず、秘蔵の黒米との物々交換で折り合ったようだ。キヌの髪を撫でながらザブは、幸先がよいと上機嫌だ。

十

陽はかたむくが、夕暮れには早い。

慣れた足取りでザブは、街道からちと外れた茅葺《かやぶ》き農家にむかう。馴染みらしく板戸をあけて、勝手に暗い土間に踏みいる。すると、入れちがいに野良着の嬶《かか》が、足を引きずりながら勇いよく出てきた。「キヌちゃん」と、嬉し声をあげて抱きしめた。笠の下から、キヌの笑顔が蕾《つぼみ》のように咲いた。「大きィなった、大きィなった」嬶は、両手でお河童を幾度も撫でまわす。染みだらけにみえるが案外、年は寄っていない。

どうやら、一番初めに泊まる常宿らしい。樹陰の下に野宿か、古い祠《ほこら》で夜露をしのぐのか、と小林は気構えていた。江戸時代には賄《まかない》付きの旅籠《はたご》が栄えた。そのまえは木賃宿で、薪《まき》を買って所持した米を自炊した。ここは、安い民宿だなと思う。

主は初老で、無骨な働き者の好人物だ。江戸時代には初老は四〇歳で、武家は家督をゆずって隠居した。平成では、初老は六〇歳に上がる。彼は、キヌの成長ぶりに濁った両目を細める。白そこひ、眼の水晶体が灰白色になる老人性の白内障だ。

前ぶれのない投宿なので、大麦を黒米にまぜた麦飯が半々に配られた。皆、大根の丸干しを空き腹の足しにした。ひそひそとザブが、主の耳元に頭巾を寄せる。いもの流行りを尋ねているらしく、聞きづらい村の名が洩れてくる。

五人は雑魚寝《ざこね》し、キヌは嬶に抱かれて眠った。旅の夜空、輝く満天の星屑は、東京では見られない絶景だった。朝から半日歩き通して、何処まで来たのか…小林は、眠りの底に落ちた。

朝日が昇る頃、一宿の農家をでる。裏手に早咲きののうぜんかずらが、垂れた蔓《つる》の先に競って橙の大花を咲かせる。誘われて一茎を手折ると、小林は、キヌの頭陀袋に茎をさし耳元に花を差した。五弁をひらく飾り花が、鮮やかに映えた。思わず、「奇麗だよ！」と小林は嘆声をあげていた。「可愛らしいというより、初々しい美しさに打たれた。振りかえってザブも、手ばなしで幾度もうなずいた。ふたりに褒められてキヌは、満面に艶やかな笑みをひろげた。

二日目も、ひたすらでこぼこ道を歩く。前をゆくキヌが「かかのくち、くさいよ」と独り喋りする。辛棒したよと、一晩添寝した嬶の口臭をこぼす。歯を磨かないのか、進行した歯周病に罹っていた…平成の世であれば、十分に治療できる。飯田橋の歯科大学病院がよぎり、小林の胸に虚しい悔《くや》しさがつのる。偶々、生まれた時代によって、人の禍福が異なる。

田面《たも》のむこうに、際立って大きな農家が見える。一見して、農夫を雇う土地持ちのようだ。北側には、野分《のわけ》の風をさえぎる榛《はん》の木が一列に並ぶ。近づくと、門口の両側には柊《ひいらぎ》が鋭い鋸《のこぎり》歯の葉をひろげる。この刺《とげ》で疼《ひいら》ぐ、つまりヒリヒリ痛むので、厄除けの木、魔除けの木とされた。ここの主は信心深いと、ザブは勇みたつ。

庇《ひさし》の下に立って、半障子の内戸を引く。その拍子に大きな布が頭巾にからまり、窓の目先が赤く染った。あわてて身をひくと、鴨居から垂らした赤染めの暖簾《のれん》が映えた。江戸時代には商家が屋号を染め抜いたが、明らかに、いもの悪鬼の侵入を拒む守り布だ。

行商を怪しみながら、斜視の主は腕組みする。奥から、赤子の裂くような泣き声がする。いもの流行りを風聞して彼は脅《おび》えきっていた。とうに、赤小袖はあかんぼに着せ、枕屏風《びょうぶ》に赤染めした絹の羽二重《はぶたえ》をかけた。折角の純白の絹織物が台無しだが、彼は焼けるような焦燥感に駆られている。

万般は手筈したと、主は気もそぞろに断る。キヌの背を押しながらザブは、効果覿面《てきめん》の魔除けだと食い下がる。「娘はわしの小袖を着てるから、一度もいもに罹ったことがないんだよ」「あたし、いもにならないの」と、キヌが無邪気に口を添える。

藁にも縋《すが》る思い…主は、赤小袖のキヌを藪睨む。すると、いきなり膝を折って床にぬかずくと、あふれる涙に咽《むせ》びながら「菩薩《ぼさつ》様…」と合掌した。とば口にひかえた小林は、憮然となる…ザブは、キヌちゃんを看板娘にしている。「菩薩様、菩薩様…」

十一

額の汗をぬぐいながら、ザブの肩越しに人影が動いた。乞食姿の若者が、山猿のように道端へよった。いもだ！—小林は、慄然として棒立ちになった。顔面から胸にかけて、窪んだ大小のブツブツのあばた…人を恨み世を怨み、若盛りは醜状をさらけだす。今生《こんじょう》、小林が初めて目にするいも煩いの姿だった。あばたで顔が埋まって、その身の毛がよだつ形相に同情も哀情も憐情も抹殺された。

今さら一目して、小林には、人びとが天然痘を恐れ憎んだ理由が分かった。E・ジェンナーが牛痘法を発見してから、人類は一八〇年かかって、ついに地球上から天然痘ウィルスを撲滅した。この無惨な後遺症が、人類をウィルス根絶に駆りたてたのだ。恐ろしい天然痘がないだけでも、平成の世は幸せな時代だ。

すれちがいざま、ザブが袖乞いの若者の手に、草鞋銭代わりに無花果をにぎらせた。キヌは、一向に恐がる風もない。袖口をめくって彼は、嗄《しわが》れた声で前方を指した。まもなく街道が二股に分かれるから、左へ行けと教えた。いよいよ流行地帯に近づくと、小林の胸がざわつく。

「じゃあ、ここで…」

目を合わせずにザブは、ためらいなく右方を指した。キヌの独り喋りもなく、三人とも道々沈みきっていたが、教えられた二股道に来たのだ。濡れ色に曇ってキヌは、先きから嗚咽《おえつ》をこらえていた。両肩を落としたまま、立ち止まる小林。キヌの手を引くと、ザブは無言で左方へむかう。

「ザブ君。そっちは、もう遅い！」出立以来の鬱屈した心痛が、怒気をふくんで彼の背に飛んだ。「病人に小袖を売っても、手遅れだよね」あくまで、いもの悪鬼から子供を守る魔除けだから、売り歩くのは流行り病《やまい》の囲いの外だ。流行りの只中に乗りこんで商売するのか?、ザブよ。

「放っといてくれ」振りむきざまに、頭巾の奥に舌打ちがした。キヌがつないだザブの手を引っ張った。あばた面を逆手にとってザブは、赤い小袖売りを身過ぎとした。貧しい民草は、いもの噂がなければ赤小袖をもとめる余裕はない。赤の御加護を信じない者も、切羽詰まれば買いに走る。だから流行地帯の近場をまわって、ぎりぎりの商売をするのだ。人びとの弱みにつけこむのが、ザブの行商のコツであった。

五メートルほどへだてて、小林はふたりの後ろについて行く。後ろ手で苛立しく拒んでいたザブは、もう諦めて知らん顔をよそおう。振りかえり振りかえり、キヌは紅い唇を噛みしめて爺をみる。

一時間ほどか、前方に道をふさぐ柵がみえた。荒木を雑に組んで通りを遮断する。両端の木に無造作にしばった赤い布…破れて色褪せて、向かい風にあおられる。いもの危険区域を知らせる標示だ。立入禁止なのだが、誰も止め立てする者はいない。辺りには人影はなく、妙に静寂がつつむ。柵の赤布をみれば、いもの囲いと皆ひきかえすのだろう。

しばらく思案したあと、ザブは、脇を抜けて柵内に踏みいる。小さな両手を張ってキヌが、懸命に小林を制する。彼女なりに、ここが爺の同行できる限界と知る。キヌを掻き抱いて逃げかえりたい—小林は、突きあげる情動を抑えきれない。

「キヌちゃん！」

一声叫ぶと、小林は、靴底を蹴って走りよった。柵内に入りかけるキヌの袂《たもと》のない筒袖、その片袖を掴んで引きもどす。勢い、肩先の赤い小袖が破れて、白い腕がむき出しになった。あわてて彼は、「ごめん、ごめんね」と詫びる。困惑して、めくれた袖に手を添えて肩先にあてがう。そのとき、彼の老眼に二の腕の小さな跡が映った。瞬間、わァと気道を鳴らす呻き声…小林は、そのまま地べたに尻餅をついた。

愕然と、全身から血の気が引いて虚脱状態に陥った。キヌの右の上腕に、信じがたい傷痕があった。それは、ここの世ではありえない跡だった。彼女の皮膚には、二ミリほどの十字の切開がクッキリと刻まれていたのだ。正しく、二又針による種痘の印である。小林の脳中は激しく廻転し、思考回路が定まらない。

奇しくも、タイムスリップする前、小林は天然痘の一部始終を知った。天然痘は、明治四〇年代まで所構わず時節を問わず散発し、大小の流行は人びとを震撼《しんかん》させた。俗に、〝植え疱瘡〟とよばれた種痘が実施された。種痘、天然痘を予防するため、牛の疱瘡を人体に接種して免疫性をえるワクチンである。

明治四十二年に種痘法が公布されてから、強制接種は昭和五十一年に任意接種になるまでつづいた。小林は、小学校の保健室でうけた二又針の痛みを記憶する。一九八〇年（昭和五十五年）にＷＨＯ（世界保健機関）が天然痘の根絶を宣言し、そのあと予防接種は廃止された。キヌは、明治、大正、昭和の百年余の間に予防接種をうけた。だから、ここの世で流行地帯を歩いても罹患しなかったのだ。

疑いなく、いずれかの時代にいたキヌは、ここの世にタイムスリップした。いたいけな幼子が、いつ落下してきたのか…ザブに問い質《ただ》さなければならない。はからずも、キヌと私は、運命に翻弄されて同じ境遇にある。共に、時空の迷い子なのだ。同じ憂き目にあうキヌ…小林は、同志のような絆を覚えた。

腑抜けたまま彼は、もう一つの苛酷な事実に涙する。キヌは、ザブとヨネの子ではない…今や、その事実は否定しようがない。彼らの拾い子だったのだと、無情な因果を痛嘆する。見るかぎりは、キヌは自分が捨て子とは知らないし、養い親も固く口を鎖《とざ》している。

十二

心底、小林が安堵したのは、キヌが感染しないという証拠を認めたことだった。ザブも、私も、そしてキヌも、決していもには罹らない。

黙ってザブが、倒れている小林に竹水筒を差しだした。やにわに、その手首をにぎって「私も、いもには罹らないよ！」とうわずった。「ホラ、ここに印があるだろ」左の袖を腕まくりすると、昂然と二の腕の種痘の跡を指した。歳月をへて刻みが薄れているが、まぎれもなく生涯免疫を証明する。

急いてキヌの腕をとった。「キヌちゃんにも、同じ印があるんだよ」と破れ目を指す。「ザブ君。キヌちゃんがいもに罹らないのは、この印があるからなんだよ。神がくださった魔除けのマークだ」つい、マークと口走ったことに気づかない。「だから、私も大丈夫なのさ」

頭巾の眼が白黒にしばたいて、ふたりの腕を見比べた。たしかに同じ跡がある…半信半疑とみるや、小林は、バネのように跳ね起きた。「三人とも大丈夫だッ。いもにはならない」と断言し、竹水筒をグビグビとあおった。

毒気を抜かれてザブは、不承不承、踵《きびす》をかえして柵からはなれた。小林の諫めを受けいれて、遠回わりして脇道から二又道の右の街道に出ようとする。キヌも、小林も足取りが軽い。なによりキヌは、自分と同じ魔除けの爺との一緒が嬉しい。

やがて、一面に地肌をおおう青葉のうえに、淡紫の小花の群れる花房が咲き乱れる。地味な古代色だが、平成でも好まれる小紫陽花《こあじさい》だ。その自生の花園に埋もれかけて、一軒の古びた農家があった。

門口のまえの縁台に、昼下がりの陽を斜《しゃ》に浴びて、小柄な老女が路傍の石仏のように動かない。頬被りした顔には、三毛の薄いあばたがある。軽症だったらしいが、あばたは決して消退しない。あばた隠しのザブが、しきりに彼女に低頭する。後ろからキヌが、無邪気に様子見する。ここの世には、あばた持ちはあちこちにいる…小林は、いもの恐怖に晒され、あばたと生きる彼らに哀切を極める。

そろそろと縁台を立つと、老女は開け放した戸口に消える。小柄とみえたが、背が弓なりに曲がっていた。カルシウム不足による脊椎彎曲《わんきょく》症だが、むかし、背に虫が住む病いと見なされ、せむしとよばれた。

軒下に、木樵《きこり》の背負子《しょいこ》が立てかけてある。連れ合いは近場の里山に出かけたのだろう、老女は、やもめ暮しではないようだ。小林は、どこか心おだやかになる。

縁台にもどると、老女は、目を細めてキヌを手招いた。素直にキヌが横に座ると、ホウホウと皺々の笑みがこぼれた。幼女が自分を恐がらないのが、よほど嬉しかったらしい。頬をよせてキヌは、老女のつくろいの指先をみつめる。己れの不始末を恥じつつ、小林は、ザブの濃《こま》やかな父親ぶりに感服していた。―彼は、ほんものの父親だ。

キヌに手招かれて、小林も縁台に腰を下ろす。襟元に右手を入れると、彼女は、ヨネがもたせた守り袋をとりだした。五〇円玉の首飾りをゆらして、中身を引きだすと、そっと小林の手ににぎらせた。硬い感触に戸惑って、なに?と問いながら手の平に目を落とす。

凝然と小林は、強ばった五本の指を見据えた。…見慣れぬ丸い銀貨が一枚。むろん、この世の造りではないから、キヌが前の世界から所持した硬貨だ。偶々五〇円玉を上げたとき、「これ、しってるよ」とささやいた。彼女は、折れ曲らない金属製の硬貨を知っていたのだ。

銀貨は、桐と菊の花房のなかに、五十銭の字が浮き彫りになっていた。裏がえすと、旭日の周りに、大日本・大正元年・50SENとあった。大正時代に発行された銀貨だ…手が震えて五十銭を落としかけた。彼女の母親が願掛けて、娘の守り袋に入れたのだろう。当時、五十銭あれば優に米一升は買えた。

間違いなく、この子は大正時代からタイムスリップした。霊妙な情感に捉われて、全身に鳥肌が立った。実に、キヌは小林より百年も早く生まれたのだ。暗中理外の不可思議、と底しれぬ疑念に葛藤する。時代を逆行してキヌは、ここの世で大正生まれの寿命を全うするのか…縁起でもないと、彼は己れを戒めた。

指を唇にあてて、キヌの仕草は愛らしい。硬貨は内緒と、きつく口止めされているらしい。彼女の身の上をザブに尋ねたいが、口が裂けても喋らないだろう。機会をうかがおうと、ひとまず小林は思い切る。

ここに宿を乞う、と彼は早とちりした。けれどもザブは、さすがに一見《いちげん》の家には無理押ししない。片袖に手をあてて、幾度も振りかえるキヌ、老女は千切れるように手をふる。ここなら泊めてくれるのになあ、と小林は未練がましい。奇しくも、山頭火は晩年、〈暮れても宿がない百舌鳥《もず》が啼く〉と詠んだ。

しばらく人ひとり会わず、人口の少ない時代、住人の少ない土地と知る。けれども、案内の道石を辿るので、ザブは迷うことはない。だいぶ奥まったが、路面に轍《わだち》の跡がついているので行き止まりではない。やがて、藪に見え隠れして、新造らしい小さな観音堂がみえた。ようよう、近くに村里があると安んじる。

御堂をかこむ濡縁《ぬれえん》に背もたれし、三人は脚絆の土ぼこりを払う。細木を網代《あじろ》組みにした地蔵格子が斬新だ。その戸をあけてザブが、「空っぽだあ」と拍子抜けた。土足で入りこんで、厨子《ずし》の観音開きを左右にひらく。ところが、肝心の地蔵菩薩《ぼさつ》の像が安置されていない。小林は疎いが、地蔵尊は平安時代に盛んに民衆に信仰され、像は各所に建てた地蔵堂に祀られた。

「今夜は、ここに泊る」

肩をもみながらザブが、ひとり濁声《だみごえ》をあげた。一泊目は民宿、二泊目は借り宿と、行き当たりばったりが面白い。宿賃は只のうえに雨露がしのげる。野宿ではキヌは辛い。さすがに疲れはてて彼女は、厨子にもたれて転《うた》た寝する。その小さな手甲と脚絆を脱がすザブの手が、優しい。萎《しお》れた耳飾りが、掃き跡ののこる床にゆるやかに落ちた。

夕陽影が、堂内に赤々と射しこむ。スニーカーを脱ぎすてると、踵の肉刺《まめ》が破れて痛む。晩飯は乾いた携帯食だが、空き腹がさわぐ。

十三

朝霞を散らして、籔中に坐りこむ。尻が冷えるが、野糞《のぐそ》は至福の一刻だ。ここの世にきて小林は、これほど爽快な脱糞はないと知った。粗食なので澱粉が減って、力まないと通じがわるい。

籔を掻きわけながら御堂にもどる。突然、道の向かい側から静けさを破って、騒々しい唸《うな》りが地を削りながら転がってくる。思わず身構えると、道幅一杯に堅牢な荷車が、車軸を軋らせて現われ出でた。頬被りした男が、両足を踏んばって息絶え絶えに車を引く。顔から腕へかけて、彫りものをしたように豹《ひょう》柄のまだら斑を刻む。

山積みになった荷台には、幾枚も汚れた筵《むしろ》をかぶせ、両側にならぶ支え棒に藁縄を縛る。その筵の端々から幾本もの黄色い手足が食《は》みでて、ぶらぶら揺れながら荷車の脇板を空しく打つ。手足の腫れものから膿《うみ》を垂れ流し、はやくもその腐臭に銀蠅が飛び交う。

その惨《むご》たらしさに面を背け、小林は御堂に駆けあがった。車輪の音に、ザブが戸から半身をだした。「寄るなッ！」と、小林は無我夢中で叫んだ。「出るなッ。下がれ！。移る移るぞ」彼の制止にザブは、見え隠れするキヌを後ろ手に抱きよせた。

荷車は、御堂の前を轟然と横切る。肩肌脱いで男二人が、荷台の後ろを押していた。彼らは、苦役に雇われたいもの非人だ。いもの病人の世話をし、亡くなれば穴を掘って埋める。哀れ…平成の世では、このような悲惨な光景を見ることはない。

本来、患者の二メートル以内に近づけば強制隔離だ。死体になれば体内のウィルスも死滅するが、まだ外皮、肌着や着衣には付着している。だから、二日ほどは死体とその着物に触れてはならない。生半可な知識ながら、小林の警告は的外れではなかった。

騒然と、荷車は轍の跡を残して去った。事なきを得た、と彼は安堵した。

無情にも屍体は、次々に荒掘りの墓穴に投げこまれ、土饅頭《どまんじゅう》もない無縁仏になる。ふつう土饅頭はしばらくは墓標となるが、埋めた木棺や死骸が朽ちると、丸く盛りあげた土が沈下して平らな地面にもどる。古来、肉体は土に還る、という土着信仰がある。

濡縁に座って、三人で携帯食を噛みしめる。キヌは、甘い干苺が好物だ。唐黍を口に放りこむ小林。先ほどからザブは、腕組みして考えこむ—どちらの道へ行くべきか。荷車のきた方は、流行りの直中《ただなか》に這入る。引きかえせば、墓場をよぎって赤い柵止めに行き当たる。赤柵越えの辺り、御堂の辺りと、いもは、この一帯に飛び火している。

だが、小林は彼とは認識がちがう。さっき〝移る〟と叫んだが、ザブは移るという意味が分からない。細菌やウィルスが、伝染病の病原とは知らない。病原菌が人から人へ伝染することも知らない。ウィルスは、バクテリア（細菌）より小さくて、光学顕微鏡では見えない微生物である。きわめて微小だから、たやすく遠くまで飛散する。伝染すれば、感染力が強いからあらかた発症する。人類が病原菌の感染という自然の摂理を知ったのは、たかだか平成の一五〇余年前にすぎない。

ザブは、意外にいもに詳しい小林に一目置く。彼の助言どうりキヌも小林も安全ならば、御堂を横切って二又道の街道に出たい。一方、小林は、三人は無事でもウィルスの運び屋になって、行く先々で病原菌をばら蒔くのを恐れた。

「さあ、出かけるよ」

一声あげてザブは、御堂をあとに荷車のきた方角にむかう。彼らの旅商は妨げられず、もう小林は逆らわない。数分足らずで小さな村里にでた。江戸時代には、村落は五〇軒を単位とした。相似る民家が数十軒、両側の道沿いに点々と並ぶ。ここの世で初めて集落をみ、小林は、人びとの営みがあると万感胸に迫った。

ところが、人影はなく、どこか荒んで寥《りょう》として沈まる。陽射しは屋並みに明らかに照り映え、薫風が乾いた路を吹き抜けていく。

黙りこんで三人は、おずおずと人気《ひとけ》をさがす。近くの門口に、竿にたてた赤い幟《のぼり》がハタハタとゆれる。軒下には、枯ればんだ柊が二枚、用済みのまま掛けてある。戸口は閉まっていて、内に人の気配はない。向かいの家も、門口の両側に赤い手拭いを掛け、戸口には横長の赤い幕をむすぶ。どの家も、濃淡はあるものの赤ずくめだ。魔除けの効き目はあったのか？　どこも空き家だ。

家並みの半ばにくると、辺りが赫々と花盛るように燃えたつ。大小の赤小袖が、数本の竹竿に幾枚も重ね干ししてある。足りずに、袖垣や植え込みに放りかぶせた。まさに、病人たちが着た麻や木綿の着物である。

青ざめて小林は、酸《す》いた吐き気をこらえた。葬る前に屍体から剥いだ着物を水洗いして、死出の衣を売り物にすると知る。彼ら非人たちの酷《ひど》さ浅ましさは、ここの世では尋常なのか。買い付けて継《つ》ぎ接《は》ぎしたボロ着を赤染めするザブ——彼のほうが、よっぽど真っ当な商人《あきんど》だ。

痩せた烏《からす》が十数羽、ガアガアと黒羽を張って赤染めの衣のうえを飛び交う。ここの世でも、烏は嫌われ鳥なのか…。古来、烏は遠い熊野の祭神の使いとされ、烏黒と烏鳴きは不吉とされた。

思いきり酸っぱい唾を吐きだすと、小林は、気分をリセットした。ここの世と平成の世の良し悪しを較べても、詮ないことだ。

もはや、村には病者も達者もいない——無人だ。

江戸末期まで感染を知らない人々は、麻疹や疱瘡が流行っても、村から逃げることはない。そのため、病原菌は村内に封じ込められた。疱瘡罹患者の四割方は死亡し、六割はあばたを残して治癒した。死亡者の大半は、幼児だった。

なかには、病人を忌み恐れて、早々に村を捨てて逃げる者もいた。ときに、その離散が各地に病原菌を拡散した。ここの村民たちは、いちはやく一目散に逃げ散った。彼らに危地から避難するという意識があったか、定かでない。あの空の御堂は、村を見限った信者が一切合財持ち去ったのだろう。日ならずして、赤い村は廃墟と化した。

無人の村に立ち入った三人は、患者にも死体にも接していないし、着衣にも触れていない。だから私たちが外へウィルスを運ぶことはない、と小林は確信する。

十四

「お母ァ、お母ァ」

ヨネをよびながらキヌは、急坂を駆け下りていく。行商を終えて、十二日ぶりに赤い家へもどってきた。朝から夕まで歩き通しの日々だった。赤むけするほど日焼けし、ひげは伸び放題で水面に映すと仙人のようだ。着たきりの臭い野良着を長着に着替えると、小林は、そのまま縁台に倒れ伏した。

泥深い眠りから寝覚めると、誰もいない。どうやら、丸一日、昏々《こん》と眠りこんでいたようだ。枕元に、山盛りの雑穀飯の椀が置いてある。ヨネの心尽しに、小林は餓鬼《がき》のように食らいついた。

彼らは毎朝、柳の枝を叩いて房《ふさ》にした楊枝に、炭灰をつけて歯を磨く。江戸時代には、黒文字を削った房楊枝に房州砂の歯磨粉をまぶした。チューブ入り歯ミガキや電動歯ブラシは望むべくもないが、炭灰では口内に苦汁がべとつく。

ザブは力仕事か、ヨネは海辺か、キヌも働き手だからヨネと一緒なのだろう。ザブもキヌも、昨日の今日なのに骨身を惜しまない。彼らの為事《しごと》を手伝わねばと、小林は、甘えぱなしの居候の身を気兼ねする。とりあえず、軒端の薪を束ね、家のまわりを掃除する。

そのあと、界隈の探索にでる。赤い家から東方、飯田橋とおもわれる方向は、大沼と鬱蒼たる繁みにさえぎられて進み様がない。そこで、急坂を上がって左へ折れて、しばらくの二股道を左へいくことにする。先日は右へ曲がって八重洲の海へでたが、今日は左方の飯田橋の外濠辺りへ出たい。濠とは、外敵にそなえて城の周りに掘った堀をいう。大城には、外濠と内濠があった。

平成では、飯田橋駅西口の牛込橋から市ヶ谷へ、ビル群を映す端麗な濠が静水をたたえる。反対側の水道橋方面は、残念ながら地下に潜って暗渠《あんきょ》となる。せめて、飯田橋駅西口の、江戸城門の石垣がのこる牛込見附辺りに立ちたい。この方角で間違いない—当て推量ながら目標を定め、小林は前のめりになって急ぐ。

ところが、予想に反して、いくら歩いても左へ曲がる脇道がない。雑木林に藪が膝上まで生い茂っていて、とても踏み分けられる足回りではない。今さら、歩ける道のない自然の厳しさを思い知る。打ちひしがれて小林は、すごすごと本道をもどる。

T字路に立つと、溜息まじりに赤い家へ下る急坂を見下ろした。高低差二〇メートルほどあろうか。台地の縁から一気に大沼へ落ちる枝道である。そのとき、あッ、と霊感が一閃した—ここは一口坂《ひとくちざか》だ！

出し抜けに、毎朝の散歩途中にあった九段の坂が思い浮かんだ。忘れていたが、靖国通りから、JR線路と外濠をまたぐ新見附橋をむすぶ長さ三〇〇メートル、幅五メートルほどのゆるやかな変哲もない坂である。傾斜度と横幅はだいぶ違うが、小林は、まごうかたない一口坂の古道と確信した。

この坂の靖国通りの下り口に、「一口坂」という千代田区の真鍮《しんちゅう》製の標柱が立つ。その側面には、坂の由来が解説されていた。その平易な解説を疎覚《うろ》える。

むかし、京都にある一口という里が、い・も・あ・ら・いと呼ばれたことから、関東でも同じ読み方をしたとされる。いもは疱瘡、あらいは洗うを意味し、疱瘡を療治するという言葉だった。永らく坂は〝いもあらいざか〟と呼ばれたが、のちに誤読されたまま〝ひとくちざか〟に改められた。平成の今も、一口（いもあらい）の姓は京都に二〇軒ほどあるが、由緒ある古称は名残もなく忘れ去られていく。

思いがけない記憶に覚めて小林は、時代色の際立つ一口坂の因縁に感極まった。この近辺に、疱瘡神を祭る疱瘡神社、また疱瘡の穢れを清める一口稲荷《いなり》があったという伝承も記録もない。

念《おも》うに、坂の下方には霊験あらたかな水場があって、そこにザブ一家の赤い家があった。平成では、新見附橋の手前、坂の止まりの新見附辺りだ。やがて、いもに苦しむ病人たちが、我がちに急坂を這い下りて沼の霊水にひたる。赤い家が、一口坂の起こりだったのではないか…。兎目に涙しながら小林は、まるでいも煩いのように急坂を這い下りていく。

戸口のまえにキヌが待っていて、声をあげず物憂げに手をふった。さり気なく目蓋をぬぐいながら、「キヌちゃん」と笑いかける。それに応えず彼女は、蝋人形のようにつくねんと立つ。肩にふれようとして小林は、茫としたまなざしに吸いよせられる。左の切長の目…その長い睫毛《まつげ》に黒ずんだ小蠅が一匹止まっていた。まばたきをしないので、蠅はしきりに手を擦り足を擦る。ふっと、小林は睫毛の美しいカーブに見惚れた。

後ろからヨネの足音がして、一瞬にして蠅は掻き消えた。いつものキヌのあどけない笑みがこぼれた。

十五

夜半、床の慌しさに寝惚け眼をこする。

キヌが熱っぽい、とヨネが気づいたという。木綿の濡れ手拭いで額を冷やす。微熱らしいが、キヌは、「お母ァ、お母ァ」と甘えて母親の袖にすがる。顔色を失ってザブは、土間からおろおろと見守る。旅疲れの風邪か、軽い病気と思いたい。平成の世なら、ここから飯田橋の逓信病院までおぶっても五分なのだが…。

ここの世では、ひとたび病いを患ったら、とりわけ内臓疾患は、虫垂炎でもおおかた手の施し様がない。医者はいないし、いても藪井竹庵の類《たぐ》いだから、せいぜい加持祈祷に縋がるしかない。はしかでも、虫歯でも、切り傷でも、薬剤はなく手当を知らず重症化して死に至る。だから、行き延びるのは根っから丈夫な者にかぎられた。

ヨネは、やさしく抱きおこして煎じ薬を飲ます。万病に効くという気休めの漢方薬か…。土間をうろうろと歩きまわるザブ、「風邪引きかな」と慰める。彼に促されて小林は、ヨネの脇ににじりよる。体温計も血圧計もないから、せいぜい首筋に手をあて脈拍をとるしかない。

吐く息は熱い、三十八度越え？体中が熱《ほて》っている。脈も早いが、子供だから…と良からぬ容態には目をそらしたい。だが、頼りにされた小林の見立ては甘かった。彼の張りつめた脳裡には、あの恐ろしい予感は浮かばなかった。

夜明け前からにわかに、キヌは高熱を発する。薄布団にくるまれてぞくぞくと身震いし、しきりに悪寒を訴える。蒲団を二枚重ねしてヨネは、我知らず両手でその肩口をおさえる。木桶を床に置いてザブは、幾度も濡らした手拭を絞る。額にあてた冷湿布は、じきに温まる。重苦しい不安におびえて小林は、乏しい知識を手繰《たぐ》りよせる…インフルエンザにしては咳をしない。

昼なか、高熱は一向に下がらない。全身の倦怠感に襲われ、キヌは「だるい、だるい」と泣きじゃくる。頭痛にくわえ、腰、背、腕、足が痛み、「いたい、いたい」と身をよじる。椀をはね除けるのでヨネは、両頬をおさえて口移しに水を飲ませる。彼女は、無理矢理でも水分の補給は欠かせないと知る。

か細いキヌのうわ言に、小林は耳をふさぎたい。なんの手助けもできない無力が、情けない、腹立たしい、虚しい。娘京子が幼くして罹った病気…躍起になって小林は、淡い記憶を引きだそうとする。突発性発疹で四〇度の高熱をだしたが、数日で回復した。水疱瘡や風疹にも罹ったが、発病時に赤い発疹がでて、じきに診断がついたように思う。症状の重さからみても、どうもキヌちゃんの病気とはちがう、と彼の胸にしきりに嫌な予感がよぎる。食べ物は受けつけず、水ものも吐くので、彼女はみるみる衰弱していった。

打ちひしがれてザブは、土間に坐りこんでいた。彼の腕をとって小林は、強引に外へ連れだした。有無を言わせぬ厳しい口調で、キヌの身の上を問いただす。うつむいたままザブは、ぼそぼそと直隠《ひた》しにしてきた事柄を吐露した。

四年前の春、空から幼子が沼の大きな蓮の葉の上に落ちてきた。驚いて呼びかけると、円い葉面に坐ったまま、小さな指三本をひろげてにっこり笑った。彼女は前世のことは物覚えになく、片言にキヌという名を口伝えた。ザブ夫婦には、まさに天からの授かりものであった。彼らの愛娘としてキヌは、玉のように育てられた。

小林は、キヌのいきさつを知らねばならない。やはり、彼より四年早く、ここの世に遠来した。落下した地点は大沼の川辺りで、彼の落ちた急坂の途中とは一〇〇メートルも離れていない。平成の江戸時代人たちと同じ、市ヶ谷・九段・飯田橋一帯のタイムホール区域内だ。

彼は、やり切れない悔しさと悲しみを抑えられない。キヌは大正時代に居れば、病気の治療をできたかもしれない。ここの世にきて、重い病いに罹る不幸を背負っていたのか…それは、彼女にとって余りに苛酷だ。

削げたように肩を落としてザブは、にぎりしめた両拳を止めどなく震わせる。「大丈夫だよ」と彼の手をつかむと、小刻む震えが惻々《そく》と伝う。「キヌちゃんは、いもにはならないから…」励ますはずの声がかすれて、途切れた。気休めにもならないと、居たたまれない。あのサクラのように、平成の世に連れて行けるものなら…儚《はかな》むばかりだ。

重苦しい胸騒ぎにおびえて、うかつにも小林は、得体がしれない高熱の正体に当を失する。しかし、ヨネとザブは、娘の病状をまえに、胸かきむしる狂おしい不安におののいていた。

十六

三日目の朝方、ようよう悪寒戦慄がおさまり、キヌの高熱がだいぶ下がった。その容態に険しいザブの瞳が、安らいだように見えた。だが、ヨネは娘の汗を拭きながら、二の腕の内側に小さな赤い点々を認めていた。キヌは気づかないし、ザブには知らせない。

「お母ァ。あたし、いもなの?…」

細い透きとおったキヌの声…一瞬、家内が凍りついた。喉笛が呻いてヨネは、娘の胸元をにぎって狂《ふ》れたように頭巾の頭《かぶり》を振った。両腕をダラリ垂らして、ザブは呆然と立ち竦む。

まさか！――一息遅れて、小林の背筋に衝撃が走った。只ならぬ病状と按じたが、キヌが天然痘とは寸毫《すんごう》も考えなかった。予防ワクチンを打っているから感染するはずがない――天から信じて疑わなかったのだ。よろよろと彼は、縁台にへたりこんだ。

頭蓋が石榴《ざくろ》に裂けて、脳味噌が飛び散ったようだった。まさか…まさかと、痴呆のように繰り返していた。天然痘の潜伏期間は、十日から二週間という。あの廃村で感染した…それから帰宅までの間、ウィルスは、キヌの体内にさり気なく潜んでいたのだ。

谷師長が、天然痘の特効薬はないと慨嘆していた。だから、予防接種が励行されたのだ。小林は、時代の較差に歯噛みした。大正時代の種痘が不具合だったのか、種痘医の腕が未熟だったのか。

キヌは、いも煩いの病状を知り尽していた。両親がいくら否定しても、隠しおおせることではない。二の腕や太腿の内側にでた斑点が消えたあと、本物の吹き出物が顔にあらわれ、全身にひろがる。ヨネとザブの網膜には、その不気味な恐ろしさが焼きついていた。

鼻汁を啜りあげるヨネ…キヌは、もう母親に問わない。よろめきでて小林は、沼の汲み場に坐りこんだ。土気色のザブが追ってきて、小林の片手に固い袋をねじこんだ。茫として彼を見あげ、それから手元に目を落とした。ビニール・ケースだった…訝しげに首をひねりながら、小林はハッと我にかえった。ここの世にはあるはずのないビニールだ！—ごわごわしたケースの中身が透けてみえた。

十七

葉書大の、雑な赤刷りの洋紙であった。

『第一期種痘済證』とあった。両手でケースをつかむと、小林は、食い入るように文面を読み下した。「住所　京都市上京区元三十一組藤の木町　龍介六女　清家絹子　大正三年一二月生」

息を呑んだまま彼は、粗い字面《じづら》を見据えた。「右第一期種痘ヲ完了シタルコトヲ証ス大正四年四月十五日　京都市上京区長　尾形惟昭」…余白に小文字で「此證ハ第二期種痘ヲ受クル迄保存スヘシ」とあった。

こんな証明書があったのだ—小林の目から鱗《うろこ》が落ちた。キヌの本名は絹子、大正三年十二月に生まれ、京都に育ったと分かった。生まれた日付は記載していない。六女というから、兄弟姉妹十人を越える多産な名家だったのだろう。

生まれた翌年の大正四年四月に、彼女は第一期の種痘をうけていた。小林は無知だが、明治四十二年の種痘法には、第一期種痘は出生翌年の六月までに、第二期は数え十歳に施行すると定められた。そういえば、今まで予防接種は二回あったことを忘れていた。第一回目は乳児のときなので、誰も二回目の記憶しかない。大正時代には第一期の接種をすると、きちんと済み証がきた。しかも、その赤紙を十年間保存するよう厳達していた。それだけ当時、天然痘は恐れられた伝染病だったのだ。

いきなり肩口を鷲掴みにされて、ザブの血走った両眼が迫った。安気にキヌを連れ歩いた…その悔恨に苛まれ、彼の歯軋りは止まない。夫婦は、キヌが首に下げていた奇妙な袋を秘していた。ザブは、いものキヌに役立つものではないか、と一縷《いちる》の望みを託していた。中身は何だ、と必死に問う。魔除け呪《まじな》いではないのか?。

彼らは文盲なんだと、小林は合点がいった。いや、読めたとしても解《げ》せない。説明の仕様がなく小林は、赤紙をにぎったまま口ごもった。

キヌは、たしかに一回目の種痘をうけた。一回目の免疫は、七年から十年のうちに低下するので、十歳時に二回目を接種して生涯免疫となる。六十四歳の小林には、まだ二回重ねた免疫が効いている。六歳のキヌは、まだ二回目には十分に間《ま》がある。だから彼女は、二回目をうけなかったために感染したのではない。

種痘は接種後一週間ほどで、接種部位に限局して軽い痘瘡を発症し、免疫を獲得する。第一期では、痘瘡が二顆（粒）以上生じた場合を善感とした。それ以下では不善感とし、翌年までに再度接種する。不善感であれば、済證にその旨が明記され、再接種を指導した。

小林は知らぬことだが、キヌの済み證には不善感の記載はないから、第一回目は善感であったのだ。そうなると、生後まもない接種に不始末があったというより、体質的に免疫の低下・消失が早かったのか。それとも、免疫の薄れた身体に病原ウィルスを多量に浴びたからか。大正の京都にいれば、天然痘の頻度は少ないから、免疫が失われても感染せずに済んだはずだ。彼女は、いもに感染するために、彼女は、ここの世にタイムスリップしてきたのか…不憫な子だ。

上腕と大腿の前駆の発疹が消失すると、つぎに顔面に薄い平たい発疹が生じ、胸から全身にひろがる。それが一、二日のうちに、みるみる豌豆《えんどう》大に膨らんで丘疹となる。

十八

恐くて憐れで、小林は床上に近づけない。恐ろしくて土間にも踏みいれず、軒下にうずくまって一夜を眠りこけた。

　ぐわッと、喉笛が裂ける声にならない叫び—寝惚け眼のまえを、ヨネが裸足を打って手負い猪《しし》のようによぎった。彼女が突進する先、靄った沼の蓮の間に、うつぶせて水面に顔を沈めて赤小袖が浮いていた。あッと止める間もなくヨネは、汲み場からズブズブと蓮を踏み分けて、両手をひろげてキヌの細い背に覆いかぶさった。そのまま、娘を掻き抱いて水面下に吸い込まれていく。

「ヨネさん！」這いずって小林は、汲み場から手を差しのべる。「ヨネさん！」出し抜けに、屈んだ腰が横殴りに蹴られた。ザブだッと、反射的にその曲がった腕をつかんだ。それを振り切って絶叫をあげ、彼は、踏板を蹴って、沈むヨネの背に飛び込んだ。飛沫が四方に飛び散って、靄を吹き散らした。「ザブッ！」

　三人は、折り重なってゆるやかに青い沼に呑まれた。追いかけて小林は、汲み場から沼に踏み込んだ。たちまち、膝下まで網のような藻に絡まれ、溺れかけて蓮の茎にしがみついた。水深は泥ぶかくて、とても動きがとれない。波紋が蓮の間を不ぞろいにひろがるが、彼らの沈んだ水面は泡《あぶく》もみえず鎮まっていた。

　ようよう汲み場にもどると、小林は、精根尽きて崩れ伏した。瞬時の、信じがたい出来事…もうキヌも、ヨネも、ザブもいない。皆が寝込んでいる朝方、キヌは家を脱けだして、ひとり冷たい沼に入水した。幼心に、あばたの生より麗しい死を選んだ。ヨネとザブが、後追い心中した。衝動に駆られたというより、彼らは、キヌなくしては生きる甲斐はなかったのだ。

濡れ鼠のような身に打ち震え、歯の根が合わない。置いていかれたという無念…今さら後を追う勇気もない。彼らと一緒になれぬ悔しさが、止めどなく小林を切り刻む。地べたを這って家の縁台に伏した。半死半生、生きる気力を失っていた。彼ら三人と一緒なら、ここの世でも生きていけると思っていた。その彼らの突然の死、今生の別れ…ひとり、ここに取り残された。

身も心も鉋《かんな》に削られる数日…。白髪白髭は伸び放題、痩せこけて足腰が萎む。飢えて、携帯食の小袋に手を突っこみ、杓《ひしゃく》をのばして瓶《かめ》の水を啜る。不様に這いだして、草露に糞便をする。気がつくと、身の欲求が荒々しく心の痛手を凌駕《りょうが》する。

なんとか食いつないで腹を満たすと、よろめきながら汲み場にひざまずいた。両手の指を組むと、咽び泣きして沼の水面に深々と合掌した。平成では信心うすかった小林が、苦行僧のように拝みつづける。親娘三人は、暗い沼底に埋もれて土に還る。土饅頭も、墓標も、卒塔婆も、墓石もない。彼らの死を知るのは、小林だけだ。

十九

涙涸れはて汲み場に坐したまま、小林は、茫乎として沼の移ろいを見やる。幾日目か、夕闇、岸辺から垂れた繁みに、淡い黄色い蛍光がホッホッと灯り、発光と残光が点々と優美に舞う。精霊をおもわせる源氏蛍である。

梅雨が近いのか、夜風が生あたたかい…。平成のバブル期には、銀座のクラブで籠の蛍を放って興じていた。

朦朧として小林は、淡彩な夕景を錯覚したが、今夜の視界は一変した。天の川のように平たい長い隊列が沼面を滑り、岸の手前で鮮やかに天女の羽衣をひるがえして滑空する。煌々と輝きながら、羽衣は幾重にも舞いあがり舞いおりる。

ここの世では生きものは群れると知るが、闇を切り裂く群舞が、あの儚い蛍とは信じがたい。虫ケラも群をなすと、万象を制圧する。顔前を燦々と輝く羽衣がかすめたとき、思わず小林は、隊列を破ろうと両手を突きだしていた。舞う羽衣は難なく体をかわして、彼の頭上を猛々しく滑走した。つんのめって小林は、辛うじて踏板の上に止まった。衰弱した体の、どこに気力が潜んでいたのか。

畜生…と低く呻いて、光輝く夜空を睨んだ。たかがホタルに負けてたまるか。

翌朝、近場をまわって小林は、真直ぐに伸びた小振りの木を物色する。手垢に染みたザブの大鉈を振るって、五寸幅の椚《くぬぎ》を切り倒した。休みやすみ、枝葉をはらった背丈を越える倒木を引きずる。仙人か乞食の風体だが、彼は、憑かれたように樹皮を剥がない黒木に取りつく。

慣れない大鉈を奮るって、一端を円錐状に削り落とす。黒っぽい木肌と白い樹皮が飛散って、湿気った匂いが紛々と漂う。手を休めず、もう一端を五寸ほど下げて、前面を樹皮ごとザックリと舟底型に削ぎとる。そこで、野良犬のように舌をだし、ゼイゼイと息を吐く。

それから、おもむろに黒木に馬乗りになると、小鉈で乱雑に剥げた切り口を削る。鉋などないから、にぶい刃先で辛棒強く木目を均《なら》す。ようやく平らになった面上に、太い文字を刻みはじめる。木目をえぐって縦横の線を掘りぬく。力を振り絞って、伐りたての生木に漢字の一画、一画を陰刻する。手指の皮が破れて鉈が血まみれになる。

刻字は三文字…一口坂。

三日後の朝、刻字に墨を入れる。薪の炭を鳥もちに練りこんだ粗製な黒墨だ。当初、ヨネのつかった茜根《あかね》から採った赤染めと思ったが、迷った末に黒にした。…もう赤はいらない。黒木に屈みこんで、字の窪みに墨をへらで塗りつける。粘った墨が、爪先や傷だらけの指にしみて痛い。

昼すぎて、黒木を肩にして急坂を引きずり上げる。途中、幾度も下ろしながら奴隷《どれい》のように登る。ようよう、T字路の少し下手の道端に黒木を立てる。たしか平成の真鍮柱はこの辺り、歩道際に立っていた。名称は柱の両側に印してあったが、彼の刻字は一面だけだ。

小型の踏鋤《ふみすき》で丸い穴をうがつ。鋤鍬《くわ》をつかったことがないので、難儀する。黒木を立てて、空いた穴に円錐の尖頭を勢いよく落とし込むと、両腕両足で黒木に抱きついた。その重みで削り面が土中に沈む。

ひとり木樵、工作、百姓の仕事をこなして、ようやく坂上に背丈ほどの丸い黒木の標柱を立てた。名前を刻んだ面は、大沼の赤い家に下る方角を向いていた。今このとき、標柱の墨文字が初めて一口坂を標示した。

キヌもヨネもザブも、日々往来した急坂に名前があるとは知らない。むろん、一口坂は小林の命名ではなく、後世の誰かが名付けた。その名称は平成時代までつづいたので、小林の知るところとなる。そしてタイムスリップした小林によって、ここの世に初めて一口坂と銘打った標柱が立てられた。彼にとっては、ザブ一家を弔うせめてもの供養であった。

二十

新しい標柱の根元に坐りこむと、小林は、荒い樹肌にもたれた。ここから赤い家は見えないが、今は近寄っても見つけにくい。なぜなら、家を囲むベニカナメはすっかり変色して、色褪せた緑樹になっていたからだ。彼がザブ一家と過ごしたのは、二〇日足らずだったが、季節は刻々と移ろっていた。緑にまぎれて、来年まで赤い家は現われない。代わりに、坂上の黒木の柱が〝いもあらい〟を標示する。

「源六郎様！」

突如、頭上から破《わ》れ鐘のような声に叩き起こされた。いつの間にか、標柱にもたれ寝していた。「源六郎様。この辺りがよろしいかと存じます」

仰天して小林は、夢中で這いずって草むらに隠れた。初めて耳にする間違いなく侍の言葉遣いだ！。草いきれに蒸す茂みから、恐るおそる坂上を見あげた。直垂《ひたたれ》（上衣）に野袴の凛々しい若侍の姿が垣間みえた。ここの世には、侍がいたんだ！　ほんものの侍だ―彼は肝をつぶして身を潜めた。下手に姿をみせたら、たちまち斬り殺されかねない。

まだ幼な顔の残る若侍は、鷹揚にうなずきながら、「ここでよいぞ」と居丈高に命じた。

その一声に数人の家臣が、坂上に長い脚立を組みはじめた。鞭を振りまわして若侍は、気短かに辺りの雑草を打ちはらう。「おや?、柱があるぞ」

思わず小林は、亀の子のように首を縮めた。せっかちに下りてくると、若侍は、平手で標柱を二、三度叩いた。「新しいのう」と標柱を品定めする。それから、「い、も、あ、ら、い、ざ、か…」と刻字をゆっくり読みあげた。するとトーンが落ちて、「いもが流行ったのかのう」と呟きが洩れた。

源六郎様と、先ほどの家臣の声に気を取りなおす。坂上にもどると彼は、ひざまずく家臣に腰の前差しの小刀を手渡す。それから、用心深く高く伸びた脚立の段々を登る。四方から、家臣たちが脚立の足を支える。優に二メートルはある脚立だ。小林が適わなかった鳥瞰ができる。どうやら、一帯の地形を視察しているらしい。

台座にまたがると若侍は、悠々と小手をかざして下界を睥睨《へいげい》した。望遠鏡はないらしい…。編み笠をゆらして、まず富士山を眺め、台地の方角を見、坐りをかえて、満足気に反対方向の大沼を見下ろす。

「太田様。如何でございましょうか」畏《かしこ》まって、別の声が脚立上の主《ぬし》に伺いをたてた。

彼、太田左衛門大夫資長《すけなが》、通称源六郎は室町時代の武将である。長禄元年（一四五七年）に二十五歳にして、関東の辺境の地に江戸城の礎となる城郭を築いた。のちに、彼は剃髪して道灌《どうかん》と号した。「うム、大きな沼が見えるな…」

降って湧いたような武士の一行…小林は、ただひたすら土を噛み草に伏す。彼はまだ、ここの世が平成時代を五五〇年もさかのぼることは知らない。

「よォシ、この下を外濠にするぞ！」

トゥルプ博士の憂鬱

一

「ストップ!」

一転、彼の鋭い声が制止した。トゥルプは、長いメスをにぎったまま硬直した。メスの刃先は、腹部の白い皮膚を刺していた。血は出ていない。

ウィレンブルヒが、「どうした!?」とあわてて駆けよった。「違う、違う」。墨筆をにぎった手をふって、彼は、「腹じゃない」と冷淡に言い捨てた。片手で彼を止めながら、ウィレンブルヒは、棒立ちのトゥルプを振りむいた。顧客の顔色をうかがうが、どんぐり眼が躍っていた。

憤然と、かたわらの銅皿に象牙柄のメスを放りこむと、トゥルプは、ガウンをひるがえして室をでた。

呆然と眺めていた五人―口々に騒ぎだして、床を踏み鳴らした。彼らは、あおむけた屍体をかこんだ見学者である。折角の高尚な儀式が、彼の一声で目茶苦茶になった。

一六三二年一月三十一日、アムステルダム市の外科医業組合会館の解剖講義室。外科医のニコラース・トゥルプは、名門のライデン大学医学部をでた同組合の主任解剖官である。

彼は、四年前から週二回、若い外科医たちに人体解剖を教授する。このフォールコレッジ（講義）の目玉は、人体解剖の実演であった。

人体解剖は、屍体の腐敗の遅い冬期にかぎられる。それも、解剖する屍体は刑死人なので、提供される時期が定まらない。ふつう処刑の前日に通報されるから、急拠、順番待ちの見学者に招集がかかる。

今日の屍体は、ライデン生まれのキントとよばれた大柄な若者であった。箱作りの職人だったが、二十二歳で絞首刑になった。早朝に処刑された屍体は、昼前に赤レンガ造りの会館三階に運ばれる。トゥルプの指示により、すでに昨夜から各所の見学予定者八人に使いが飛んでいた。

定刻の正午、六人が集まった。あと、二人はまだ着かない。皆、トゥルプの外科医仲間と親しい地元名士である。至急の呼び出しにもかかわらず、六人は盛装を凝らしていた。白いリングの襟巻、厚手の羊毛ラシャ服に、毛皮の裏地付のガウン。彼らにとって解剖見学は極上の体験であったが、それにも況《ま》して今日は胸高鳴る日なのである。

屍体は全裸のまま、長い頑丈な欅《けやき》の台に置かれていた。皮膚は冷えて蒼白く、臀部《でんぶ》やふくら脛《はぎ》に赤紫色の死斑がみえる。目配せしながら六人は、おずおずと台に近よる。労働者らしい胸板の厚い大柄な屍体…彼らは青ざめた顔を背け、一様に室の左方に目を移す。

数メートルはなれた床に大きな白地のカンバスが、三脚にひろげたイーゼルに立て掛けてある。オランダ固有の長さの単位で、縦六六×横八四ドイム（一六九×二一六㎝）の油絵用の画布。六人は、その場違いなカンバスの用途を知っていた。

先程から忙しないのは、どんぐり眼の画商H・ファン・ウィレンブルヒだ。太鼓腹をゆすって一々、如才なく六人に会釈する。彼らは、一見《いちげん》のモデルであった。

当時、十七世紀のオランダは欧州一の商業貿易国で、黄金の世紀と謳われた。大小さまざまの団体や家族友人が、画家に写実的な肖像画を画かせて処々に飾り、後の世に残した。いわゆるオランダ独特の集団肖像画が、ひろく富裕層に流行していた。

外科医業組合の一階の広間には、早逝したM・ペトルス・ミールヴェルトの「メーア博士の解剖講義」、著名な肖像画家T・カイザルの「エグベルツ博士の解剖講義」とN・エリアスの「フォンテイン博士の解剖講義」が、壁高くに麗々しく飾られていた。W・メーア、S・エグベルツ、J・フォンテインは、ギルドにおけるトゥルプの先輩解剖官である。現解剖官は彼らに倣《なら》って、「トゥルプ博士の解剖講義」を掲げることを望んだ。

ガイザルやエリアスを選ばず、トゥルプは、若い無名の画家に白羽の矢をたてた。ウィレンブルヒを通して、その新進画家に油彩画を依頼した。画商は感涙したが、画家の反応は聞こえてこない。

この解剖講義を舞台にした集団肖像画の主役は、注文主のトゥルプ博士である。彼の指名をうけて、八人が脇役の誉れをえた。ギルドの外科医三人、市内在住の名士五人だ。

定刻すこし前、右方のドアから助手二人を従えて、長身のトゥルプが悠々と入ってきた。鍔《つば》広の黒い帽子をかぶり、白襟の黒いコートに、膝下までの黒いガウンを着込む。白をアクセントに、黒一色に装う。口髭と顎髭をたくわえて、三十九歳、貴族の流れを汲《く》む洗練された紳士であった。

彼は助手を尻目に、解剖台の脇テーブルにならべた手術器具を点検する。それから、おもむろに屍体の顔を一見する。太い首には、絞首のロープの跡がどす黒く食い込む。局部をおおったタオルを一瞥すると、革靴の先で足元の木箱をかるく蹴った。油紙を内張した木箱は、切除した臓器を捨てる屑入れである。

助手たちが壁の滑車を回し、天井にのびるロープを巻きはじめる。解剖台の真上に天窓がひらいて、陽光が蒼白い冷気ただよう屍体のうえに射しこんだ。冬の外気が冷え冷えと下りてきて、人息が白くなった。解剖のある日は、解剖室の暖炉は焚かない。凍える両手をもみながら、トゥルプは、目を細めて天窓から注ぐ光線をあおぐ。

定刻、反対側の左方のドアから、中肉中背の青年が無言で入ってきた。作画の依頼をうけた二十六歳の画家である。首に幾重にもマフラーを巻いて、膝下にとどく厚地の色褪せた焦茶の作業衣をまとう。面《つら》つきは凡庸だが、どこか太々しさが漂う。

斜《しゃ》にかぶったベレー帽をぬぐと、彼は、後ろの助手アドリアーン・バッカーに無造作に手渡した。毛皮の手袋は脱がない。それから大股で注文主に歩みよる。その気配に、トゥルプはおもむろに振りむく。

「おー、レンブラント君」

トゥルプは、にこやかに若年の画家を抱擁した。彼は、無愛想に「ドクトル・トゥルプ」と返した。

レンブラント・ハーメンゾーンは、一六〇六年にライデンに生まれた。粉屋の小倅《こせがれ》だったが、神の思《おぼ》し召しか絵画の才能に恵まれた。幼くして自己顕示が強く、生涯に百点を越える自画像を画いた。二十代の彼は、栗色の縮れた巻毛を乱し、額広く、鼻太く、耳大きく、唇は分厚い。角張った顎には、うっすらと無精髭を生やす。一見して鈍だが、目は知的に鋭い。

とにかく、レンブラントには初めての人体解剖画であった。さきに屍体の下見をした折、深くくびれた首のロープ跡に目を背けた。助手に命じて、長いタオルで局部を隠した。

カンバスに立つと、天窓を見あげて太陽の方向をたしかめる。屍体に降りそそぐ自然光のラインと濃淡を追う。注文画であるから、モチーフはレンブラントの自発ではない。集団肖像画としては、明るい題材ではないし華やいだ彩りもない。もはや物体になった人間を、いかに描写するか…生者と死者の対比が独創をうむ。彼は、広間にある先輩画家の絵を見ていないし、初手から見るつもりもない。

手袋を忙しくさすりながら、彼は、注文主の合図を待つ。集団肖像画の出来映えは、全体のバランスと調和が制する。集団の構図が決まらねば、デッサンに入れない。

ところが、肝心のトゥルプは、顎髭をしごき目をつぶり、時折、ながい溜息をもらす。すでに人物の配置は決めてあるのだが、彼は、一向に立つ所を指示しない。モデルたちは、所在なげに解剖と素描の同時スタートを待つ。トゥルプを急かす者はいない。

二

実は、モデルが全員そろわないのだ。一人は昨夜来、連絡がとれないと報告が入っていた。もう一人は、ハーグへ旅行中であったが、急ぎ帰途についたという。馬車を馳せるが、いつ到着するか分らない。トゥルプはだんまりを極めこんで、ひたすら名士を待つ。

ウィレンブルヒは、室の片隅に神妙にひかえる。はなれてチラチラと、画家の顔色をうかがう。レンブラントは、昨秋からウィレンブルヒ宅に寄寓していた。老練な画商は早くから才能を見抜き、彼を郷里のライデンから呼びよせた。終日、小さなアトリエにこもって出てこない。のぞくと、手鏡を片手に一心不乱に自画像を描いている。若い芸術家の奔放は、強力なパトロンにも御《ぎょ》しがたい。

レンブラントは、明らかに苛立っていた。いつまで遅参者を待つつもりか…冬場の暮れは早いから、一場の光と影は刻々とかげる。同じく、トゥルプもまた焦っていた。真冬とはいえ防腐剤もない時代、死後の硬直と腐敗はすすむ。解体はしづらくなり、実相を供覧しにくくなる。ところが、帰途にあるフランス・ファン・ローネンは、公私ともにトゥルプの有力な後援者なのだ。待つも待たぬも、辛いところだ。

屍体を間にして二人は、気まずく目を合わせない。レンブラントは催促せず、ひたすらカンバスの一点を凝視する。トゥルプはとぼけて、屍体の足元にひろげた大冊の解剖書をなぞる。毎度、彼が解説に用いる十六世紀のA・ヴェサリウスの二つ折判の図譜である。

オランダでは人体解剖は、十六世紀中頃、およそ八〇年前から官許されていた。もっぱら、外科医が解剖医を兼ねた。トゥルプは、誰よりも人体の内臓に詳しい。

図譜をはなれて、冷えた蒼白い顔を見下ろす。かじかむ手を両顎にあてると、頭部が重たく斜めにゆれた。彼は、この鈍い手触りを首の骨折と知る。絞首刑では、首が締まるより落下する衝撃で頸椎が折れて、ほぼ即死する。

顔面を正すと、下顎から首筋を静かに揉む。死後数時間たつと、まず首や顎に強直がはじまる。五時間あまり過ぎているので、死後硬直はすすんでいた。切長の目を吊りあげて、トゥルプは、アッサリと待ち人を断念する。

「皆さん。これから始めますよ」

ただちに彼は、てきぱきと六人に立ち位置を指示する。二人を外した新たな配置―外科医のM・カルクーンとJ・ウィトは、詳しく観察できるように屍体の頭部側の前列にした。自分の右後ろには、外科医H・ハルトマンツを据えた。学究肌の彼は、四つ折判の解剖学書を持参している。素人は嘔吐や卒倒をするので、名士三人は後列と屍体に遠い右端にした。指さされるままに、彼らは、おのおの居場所に神妙に直立した。

そのあと、トゥルプは屍体の左側の定席に立つ。

レンブラントから見れば、皆が屍体の頭部を囲み、右端のトゥルプと横をむく左端の名士が、向かいあう構図になる。黒褐色の両目を細めて、彼は、すばやく七人と屍体の緊迫した情景を目測する。

肖像画のモデルなので、いつになく威儀を正すトゥルプ。黒い鍔広のフェルト製の礼装用帽子は脱がず、白襟の映える黒いガウンも羽織ったままだ。もともと人体解剖は、一種の儀式と重んじる。だから、ガウンの下には黒ラシャのダブルの礼服を着込む。ただし、それは着古したものと決まっている。だから、ためらいもなく血や汚物にまみれるままにし、終わると、そのまま脱ぎ捨ててしまう。

温《ぬく》めていた手袋を外すと、レンブラントは、短い太指にデッサン用の墨筆をにぎる。屍体は卑しい罪人なので、トゥルプは、胸に十字を切らない。今日は、ダブルの白い両袖は腕まくりしない。長い白い指が、手慣れて研《と》ぎあげたメスをにぎる。細菌感染の知識はないから、素手のままだ。五人は、一斉に生唾を呑みこむ。身を乗りだして、食い入るように腹部に迫る鋭い刃先を追う。

ここで、冒頭の一声にフラッシュ・バックする。

憤然とトゥルプが去ると、レンブラントは、平然と左のドアから暗い廊下にでた。騒ぎたてる五人を放って、ウィレンブルヒはあとを追う。レンブラントは、腕組みして廊下の壁にもたれていた。さすがに、役目は放棄していない。

「はらわたを画けというんですか」

平静をよそおうが、彼の声は裏返っていた。「それでは、絵になりませんよ」

大きくうなずいてウィレンブルヒは、世事に疎い無骨な画家をなだめる。絵画は美の表現だから、衆人に切り裂かれた無惨や醜悪は観せられない――画商は、レンブラントに肩入れした。

腹をゆすってウィレンブルヒは、解剖室を横切って右方のドアを平手でおしあける。トゥルプは、同じ階にある狭い個室にこもっていた。とにかく画家の非礼を詫び、ウィレンブルヒは、恐るおそる彼の言い分を伝える。ソファに深々と座ったトゥルプは、ふだんの謹厳な風格を崩さない。若僧にプライドを傷つけられて、翠《みどり》の目は怒りの遣り場を探していた。

「へェ…腹部を切開してはいけないって?」呆れて彼は、鼻でせせら笑っていた。「あのドクトル・メーアの絵は、はらわたを画いているじゃないか」急きこんで彼は、ホールに飾ったミールヴェルトの絵柄を指摘した。

ひたすら平身低頭する画商。トゥルプは気を取りなおして、解剖のABCを諄々と説きはじめる。まず、腐りやすい所から剖検するのが、人体解剖の基本である。ふつう初日は腹部と胸部、二日目には頭部、三日目に手足を行う。この手順でいけば、屍臭がではじめる頃に終わる。

「だから、腹部から始めるのですよ」

正論を述べてトゥルプは、丹精した口髭を撫でつけた。「ごもっともです」ウィレンブルヒは、「ごもっともです」と繰りかえす。得心はいったが内心、困惑しきっていた。

画商の平身低頭に、ひとまず気はおさまったらしい。トゥルプは、「たしかに内臓は…

画きにくいねえ」とひとり呟いた。芸術家の美意識からすれば、レンブラントの抵抗は理解できる。世慣れた彼は、苦肉の妥協案をだした。「それなら、切開線だけにしようか」

腹部の筋肉層だけ浅く切って、V字型にひらく。「それなら、はらわたはでないよ」

首を振りふりウィレンブルヒは、解剖室を小走る。立ちん坊の六人が、一斉にブーイングを浴びせた。

「そんなの、解剖じゃありませんよ」

なんの労《ねぎら》いもなく、レンブラントは、にべもなく撥ねつけた。しばし沈黙のあと、ウィレンブルヒの掠れ声が問う。「それじゃあ、どうすればいいの？」その質問を待っていたらしく、レンブラントは嬉々として答えた。「腕、向う側の…左の腕ですよ」

「うで…」と、ウィレンブルヒはおうむ返した。左腕を幾度も叩いて、レンブラントは得意顔を隠さない。腕を切りひらく斬新な構図が、すでに出来あがっているらしい。

彼の稚気に、仲介の気力が萎えた。それでも、額の汗を拭いぬぐい室を通りすぎる。画商の険しい面相に、痺れを切らした六人は口をつぐむ。

「冗談じゃない！」ソファに腰を浮かせて、トゥルプは、尖り声をあげていた。「腕から解剖するなんて、ありえないよ」

今さらながら、芸術家の頑迷さを思い知らされた。トゥルプは、選任をミスったと悔む。

新進画家を抜擢したことは、すでに巷の噂になっている。ここで、画家を代えるわけにもいかない。彼は、腹立ちまぎれに吐き捨てた。「ウィレンブルヒ君。それでは、物笑いの種になるよ」

ソファの袖に膝を屈すると、ウィレンブルヒはトゥルプを宥《なだ》めなだめる。絵を鑑賞する人々は解剖の手順など知らないし、知っていても絵画上の技巧と得心する。それに、屍体は場景をととのえる道具にすぎず、あくまで主役はドクトルである、と。その猫撫で声は、あの画家は決して妥協しませんよ、と暗に伝えていた。

押し問答を繰りかえしても仕方がない。腹の虫はおさまらないが、トゥルプの世知は、奇矯な相手と思い切る。いまに彼奴《きゃつ》の鼻っ柱をへし折ってやると、ひそかに報復を期する。

「皆さーん。」喜色満面、ウィレンブルヒは、頓狂な声をあげて六人の前を走りぬけた。

「…位置についてください！」

三

左右のドアがあいて、トゥルプとレンブラントが、事も無げに入ってきた。威風をただよわせて、トゥルプは、助手に「二一八ページ」と命じる。彼は慣れていて、屍体の足元の図譜を手速くめくる。手袋を外すとレンブラントは、広いカンバスに眼光を走らせる。汗を拭きふきウィレンブルヒは、室の片隅に身をひそめる。

脇テーブルの助手が、長いメスをしかと手渡す。おもむろにトゥルプは、左手で屍体の左腕の手首をおさえる。軽く咳払いすると、右手ににぎったメスを肘下深くに刺す。そのまま一気に、前膊部を手首まで切り下ろした。

あッ、と呻きと悲鳴が棘《とげ》のように屍体に飛び散った。外科医三人は腕からの切開に虚を衝《つ》かれ、名士三人は鋭く切り裂かれた人肉に恐怖した。凍りついて六人の眼は、無惨に割れた赤黒い切り口に釘付けになる。露出した血管からたらたらと血が垂れる。すでに血液の循環は止まっているが、凝固するのは半日ほどかかる。

いつもどうり凄絶な開腹を見せたかったので、トゥルプには不服な切開であった。名士たちは腕の裂傷に胆をつぶしたが、はぐらかされて外科医たちは失望の色を隠せない。それでもトゥルプはためらわず、創面を左右に剥きだした。外気にふれて、まだ温もりのある筋肉が仄かな蒸気を放つ。

このときまで皆、モデルであることを忘れていた。墨筆のこすれる音はするが、カンバスの裏側からは、デッサンする画家の粗大な革靴しか見えない。時折、汚れた爪先が床をこすって左右に振れるだけだ。モデルたちは、急いで視線を屍体にもどす。

カンバスには見むきもせず、トゥルプは、巧みに筋層を切り分ける。そのメス捌《さば》きを十二の眼球が凝視する。鉗子で細長い筋を引っ張りあげると、彼は得々とその構造と役割を説きはじめる。—解剖医トゥルプ博士の独壇場である。

「皆さん。終わりました」

カンバスの横から顔をだして、ウィレンブルヒが唐突に告げた。えェッ！と、六人は一斉に振りむいた。もう済んだの？まだ十五分も経っていない。一気呵成に墨筆を振るったらしい。トゥルプは、うつむいたままメスの手を休めない…もう驚かされない。彼は幾枚か画家に肖像画を描かせたが、みな下絵には半日がかりであった。大雑把《おおざっぱ》に手抜きしたのか、彼奴はやる気があるのか！。

呆気にとられる六人を尻目に、早々とイーゼルからカンバスが下ろされる。ウィレンブルヒは、太鼓腹で裏側から大きなカンバスを支える。「ドクトル…」と、横むいて云い渋った。「もう、お腹を切ってもかまいません」聞く耳もたず、トゥルプは冷静をよそおう。メスを銅皿にもどしながら、「電光石火の早技ですねえ」と当てこする。「さすがに、レンブラント君ですねえ」

身をすくめるウィレンブルヒ。その皮肉は、肝心のレンブラントには通じない。カンバスの表側では、助手のバッカーが背伸びして白い布をかける。モデルたちは短すぎる素描を垣間見たいが、画家には毛頭、そんなサービス精神はない。

無表情でトゥルプは、解剖の段取りをリセットする。「それでは皆さん、腹部の切開をはじめます」彼は、ゆっくり脇テーブルの大型メスを取りあげる。助手が、ヴェサリウス図譜のページをもどす。

ここで、また一騒動が突発する。

にわかに、荒れた靴音が廊下を乱れ打って、左のドアを撥ねて長身の男が倒れこんだ。全身泥にまみれて、床に伏して激しく喘《あえ》ぐ。馬車にゆられて馳《は》せつけた遅参者のフランス・ファン・ローネンだ。

「フランス！」メスを落として駆けよると、トゥルプは、片膝ついて友を抱きあげた。白布におおったカンバスが、ローネンの目前にあった。面長の彼は、土気色の唇を震わせた。「…遅かったか」

彼らに目もくれず、レンブラントはイーゼルを折りたたむ。トゥルプは、「待ってくれ！」と片手をあげて止め立てした。「ローネンさんを入れてくれ」

カンバスの前後を抱えて立ちすくむウィレンブルヒとバッカー。レンブラントは、顎をしゃくって二人を急かす。片膝を折ったままトゥルプは、かさねて若い芸術家に哀訴した。

「レンブラント君。ローネンさんも画いてくださいハーグから戻ってきたんですよ」

さすがにレンブラントは無視できず、顔を背けて素っ気なく返した。「デッサンは済みました。加筆はできません」

ついに、トゥルプの憤怒が歯間をほとばしった。「ご本人が来てるんだから、できるだろう！」立ち位置をはなれて六人は、温厚なトゥルプの怒声に硬直する。かたくなに取り合わず、レンブラントは、もたつくバッカーの踵《かかと》を蹴った。

半月前に弟子入りした彼は、要領がわからない。カンバスを抱えたまま、激しい巻き舌で言い逃れる。師匠は再度、邪険に蹴りあげた。カンバスの前方をかかえたウィレンブルヒは、察して足早にドアにむけて歩きだす。彼は、レンブラントの天性の画法を知る。つけあがるな！レンブラント―憤然と立ちあがるトゥルプ。折角駈けつけたスポンサーへの非礼、注文主への再三の侮辱。それに、後輩や友人に晒した弱腰…思いがけない己れの不甲斐なさに狼狽《うろた》えていた。「ニコラース」ローネンが、片手をのばして彼の手首を掴んだ。「画はいいよ。解剖を見せてください」

ローネンのおだやかな物言いに、トゥルプの激昂が一瞬にして冷めた。疲労困憊しているのに、一場を察した友…その冷静で鷹揚な紳士の振る舞い。不覚にも、面目丸潰れにされて怒った己れを恥じた。床に伏したままローネンは、照れ臭そうに髯の埃をはらう。伏し目がちにトゥルプは、彼の鋭い三白眼に許しを乞うた。

それから威儀を正すと、深呼吸してレンブラントを正視した。思い上がりの凡才か、器の知れぬ英才か、彼の能力はまだ未知数だ。お手並み拝見しよう、とトゥルプは心中に期した。彼は冷やかに、出ていくレンブラントの丸い背に言い放った。

「レンブラント君！。仕上がりを楽しみにしているよ」

イーゼルの足がはさまって、ドアが軋《きし》めきながら閉まった。

四

「再デッサンは、まだなのか？」

遅い！と、トゥルプの腹の虫はおさまらない。あの解剖初日以来、何の音沙汰もないのだ。ふつう画家は、念入りにデッサンや下絵描きを重ねる。だからモデルたちは、同じ身形《みなり》をして幾度も招集される。面倒でしんどいが皆、見栄えよく写しとってほしい。

「あした、お届けするそうです」ウィレンブルヒに遣わした助手が伝える。眉間に皺をよせてトゥルプは、今日明日といわれても、と舌打ちした。あわてて助手が、「絵は、出来ているそうです」と言い足した。

「なにィ！」トゥルプは、ソファの凹みに飛び撥ねていた。「もう仕上がっているって!?」

師の剣幕に、助手は後退りしていた。あの日から三週間足らずだ。デッサンは一回切り、それもわずか十五分ほどだった。それだけで、もう描きあげたというのか…ありえない。パレットに絵具を混ぜ合わせ、カンバスに絵筆を振るうレンブラントを一度も見ていない。絵具の下絵描きもなしに、秀作や傑作が画けるわけがない。肩すかしを食らってソファに沈んだまま、トゥルプは、にぎり拳で太股を幾度も叩いた。

信じられない…画きなぐりの駄作ではないのか。街頭の似顔絵描きと同じ、凡庸なスケッチ画ではないのか。別れぎわ、作品を楽しみにしている、と彼に言いわたした。それに違約することは許さない—にわかに、トゥルプの胸中に邪心が燃えた。期待外れの愚作であったら、容赦ない制裁を下す！。それは、彼にそぐわぬ陰険な腹癒《はらい》せであった。その場面を妄想し、トゥルプはしばし陶酔した。

翌日昼まえ。胸に一物をいだいて、トゥルプは、会館の玄関階段をあがる。ガウンの裏に後ろ手した右手には、布にまいた大型のメスをにぎっていた。彼は、絵を切り裂くという蛮行を企てた。今度こそ、あの若僧の鼻っ柱をへし折ってやる。レンブラントの虚勢と厚顔は、許しがたかった。

広いホールの中頃に、白布におおったカンバスが立て掛けてあった。その両側に、強ばったままウィレンブルヒとバッカーが立つ。高い足音を聞いて、レンブラントがカンバスの後ろから顔をだした。「ドクトル・トゥルプ」と歩みよって、邪気なく彼を抱擁した。めずらしく機嫌がよい。左手で抱擁を交わしながら、トゥルプは噎《む》せるような絵の具の臭いを嗅いだ。まぎれもなく画家の体臭であった。一瞬、彼の意気込みが怯《ひる》んだ。

「レンブラント君。早かったねえ」

内心、気後れしながら彼は快闊をよそおう。照れ笑いしながらレンブラントは、トゥルプをカンバスの前方に誘う。ふつう勿体つけて顧客に初見させるのだが、彼はこだわらず両側の二人にうなずいてみせた。

カンバスの角に手をのばすと、二人は、呼吸をそろえて白布を引きおろす。やわらかに波打ちながら、白布は幾重にも床に伏した。

その瞬間、「うッ」とトゥルプの喉が呻いた。マントの下から包みが落ちて、甲高い響きが床を打った。後ろにいた助手が、素早く包みを拾いあげる。

忽然と、眼前に現われた一眸《ぼう》の世界―右側に立つ黒衣の英姿が、矢のようにトゥルプの網膜を射た。その視線は、下側の白蝋に映える屍体に吸いよせられる。一部、前腕から手指まで赤剝けて痛ましい。

トゥルプの右手は鉤で切り裂いた腱をもちあげ、左手は指さそうとしながら静止する。顔をあげたまま、彼の明眸《めいぼう》は前方を正視する。絵の中のトゥルプは、まぎれもなくトゥルプ本人であり、一瞬、観る当人を錯覚に陥らせた。

　左側に群れる六人—皆食い入るように覗きこむが、彼らの視線は屍体を見ていない。後方のハルトマンツは、解剖書をにぎったまま正面を見詰める。左端の一人は、爽然たるトゥルプの顔を凝視する。あとの四人のまなざしは、一心に屍体の足元の解剖図譜に注がれる。その実、誰も横たわる屍体も腕の切開部も見ていない。

　薄暗い壁を背景に、光彩を浴びた白蝋の屍体と、赤らむ六人の顔を美化せず個性的に浮かびたたせる。彼らの白襟にトゥルプのガウンの黒を対比し、観る目線はおのずと際立つトゥルプに向く。その巧みな構図は、画面の群像を浮きたたせ、鮮やかな躍動感と洗練された情趣をかもしだす。

　息を呑んだまま立ちつくすトゥルプ。吸い込まれそうな臨場感…一度のデッサンで描かれた絵の出来映え。

　注文主の感動を目《ま》の当たりにして、ウィレンブルヒは感涙にむせぶ。彼は、二種類の画法があると知る。デッサンと下絵描きを丹念に重ねるタイプと、一度見て後は記憶を描写するタイプ。レンブラントは後者に属するが、対象をみる彼の目は尋常でない。

　カメラのシャッターと同じに、レンブラントは、一瞬を捉えた被写体を脳裡に焼きつける。ひとたび、鮮明にプリントされた場景は消えさらない。だから、遅れ馳けつけても、撮りなおしは利かないのだ。始めのデッサンは、画面に構図を決めるだけの作業だった。だから、再度のデッサンも下絵描きも不要なのだ。画面の七人の風貌は、余す所なく当人を活写していた。ウィレンブルヒは、とうにレンブラントの異能を見抜いていた。その彼が、早々と、見事に、傑作を画いた。

トゥルプにも、多少の絵心はある。芸術とサイエンスの違いはあるにしても、到底まともに張り合える才器ではない。打ちのめされて彼は、レンブラントとの闘いに完敗したと思い知る。天が授けた才能には敵わない…。

「レンブラント君」ありがとうと続けようとするが、口内が乾いて舌が滑らない。手袋をぬいで彼は、レンブラントに握手をもとめた。握りしめる強い指…画家は、注文主の本心を受け止める。

照れ隠しにレンブラントは、「あそこですね?」と右方の壁を指した。ホールの両サイドには、三枚の解剖講義の絵が掛けてあり、一枚分が空いていた。陽が直射に当たらなければ、彼は掛け所にはこだわらない。握手をはなさず、トゥルプは幾度もうなずいた。

レンブラントは、その壁際にイーゼルを寄せるように合図した。ウィレンブルヒは、ハンカチで勢いよく鼻をかんだ。バッカーは、左方の壁を見あげた。ドクトル・メーアの腹部を切り裂いた絵に興味をそそられている。

握手したままレンブラントは、身をよじってバッカーの踵を思いきり蹴った。撥ねあがって彼は、ミールヴェルトははらわたを画いている、と巻き舌で反抗する。二歳年少の弟子は、口幅ったく師匠の腕の解剖図に批判がましい。白けてレンブラントは、愚作、と言いたげに先輩の絵を無視した。彼らの遣り取りにトゥルプは、微苦笑しながらにぎった手を解いた。

五

「市長がお見えです」

ナースの声に、ローネンはベッドから青白い顔をあげた。「フランス」と市長は、痩せ細った彼の手を優しくにぎった。嬉しそうに「ニコラース」と、呼びかえす声がかすれる。あの鋭かった三白眼が、にぶく弱々しい。

椅子をよせて、トゥルプは、ベッド脇に座る。長年の友人F‐ローネンは、胃癌を患い、三ヶ月前から病床に伏せていた。彼は造船業を営む財閥の重鎮で、オランダ財界のリーダーであった。トゥルプは六十歳にして政界に転じ、ローネンの支援をうけて、一六五三年にアムステルダム市長に当選した。渋々ながら、二十五年間つとめた主任解剖官の席を辞した。今では、アムステルダム大学の学長を兼務する。

主治医の内科医に耳打ちされて、トゥルプは、親友の腹部を恐るおそる触診した。固いしこりに触れたとき、彼は度を失った。逃げるように病室をでると、廊下を壁伝いに走って激しく額を打ちつけた。あわてて付添う秘書が、はがいじめにして止めた。あの腫瘍の大きさでは、とうてい治る見込みはない。余命は数ヶ月…為す術はなかった。

当時、外科医は人々に畏怖される職業であった。患者に安物の薬用酒ジンをがぶ飲みさせて、ようよう手術にのぞんだ。屈強な助手たちが手術台の四肢をおさえ、泥酔した患者の肌にメスを刺す。まだ麻酔法のない時代、手術室は阿鼻叫喚《あびきょうかん》の地獄と化した。ぶじ手術を終えても、消毒法もなかったので、患者の過半は術後感染で苦悶のうちに死亡した。手術中にショック死する者もあったから、当然、施術は小手術にかぎられた。どのみち、悪性腫瘍では内科医も外科医も無力だった。

市庁舎を抜けだして毎週、トゥルプは日々衰えゆくローネンを見舞った。病床の手をにぎりながら一刻、おだやかに共有する懐旧を語らう。喘ぎながら彼は、くりかえし解剖講義に駈けつけた〝あの日〟を懐かしむ。「馬車がゆれてねえ、幾度も吐いたよ」二十年も経ったのに、あの日の記憶がよみがえるらしい。「ニコラース…君の解剖に間に合って良かったよ」

絵にはふれないが、あの傑作に描かれ損ねた彼の無念。うなずきながら、トゥルプの胸は刺すように痛む。

〝あの絵〟は陽春、首都展覧会に出品され、いち早く画壇の注目を浴びる。ウィレンブルヒの商才に乗じて、レンブラントの画業は一挙に開花した。〝光の魔術師〟と謳われ、オランダ・フランドル絵画を代表する画匠に伸しあがる。今では、レンブラント・ファン・レインと称し、その盛名は欧州世界に鳴り響いていた。

その天を仰ぐようなレンブラントの栄光—住む世界が違うとはいえ、トゥルプには、国際都市アムステルダムの市政を司る己れが、卑小にみえた。思いがけず、あの絵の御蔭で、トゥルプの名も少なからず内外に知られた。それにしても、レンブラントを世に出したのは、「トゥルプ博士の解剖講義」なのだ。トゥルプの心中には、微妙に屈折した私心が疼く。

凍った石畳を市庁舎にもどる。沈痛に腕組みしたまま、車輪の音が耳に遠い。ふいに、轟音をたてて対向車が擦れちがった。市の紋章をかざる扉に、砕けた泥水が撥ね散った。指呼の間に一瞬、白い窓越しに見覚えある顔がよぎった。

レンブラントだ！—赤いベレー帽の下に、傲然と〝あの顔〟。幾度か展覧会やパーティで会ったが、久しぶりに目にした彼は、不様に肥えて不遜だった。悪夢か、激しい馬蹄がトゥルプの耳介を走り去る。ローネンの残像を蹴散らされて、棒を呑んだような苦々しさに捉われた。彼奴は、どこへ行くんだ?。

実に、レンブラントの馬車は、外科医業組合会館に止まった。一六五六年一月の厳冬、盛装の紳士が雪除けした玄関を駆けおりる。真っ白い息が、彼の濃い頬髯に凍った。出迎えたのは、解剖官ヨハネス・デイマンである。

デイマンは市長に転じたトゥルプのあと、その年のうちに主任解剖官の職に就いた。トゥルプと同じライデン大学医学部に入ったが、中退してフランスのアンジェに学ぶ。ようやく医師資格をえたのち、アムステルダムで開業した。その叩きあげが公募に応じ、はからずも大トゥルプの後任ポストを射止めた。

三年もすると、地味な苦労人もまた、「デイマン博士の解剖講義」を欲する。気負って彼の虚栄心は、トゥルプと同じ画家に制作を懇願した。さすがに、絵は三九×五二ドイム(一〇〇×一三四㎝)、トゥルプ画の半分ほどの大きさにした。実は、浪費癖が嵩じてレンブラントは経済破綻に瀕し、この一六五六年に破産宣告をうけることになる。そのためトゥルプ画の号では、デイマンは、法外な値段に応じ切れなかったのだ。

ともあれ、レンブラントは円熟の五十歳、二十四年ぶりの外科医業組合会館であった。再訪を懐かしむ風もなく、靴音をたてて三階解剖室にむかう。解剖台をかこんだ見学者が、驚いて一斉に振りむいた。彼ら八人は、巨人レンブラントの発するオーラに感極まる。

彼らに頓着せずレンブラントは、ぞんざいに弟子二人にイーゼルを指した。すぐさまイーゼルは、解剖台の脇から屍体の裸足の手前に移動された。屍体は、ヤンという頑強な若者で、強盗の重罪で絞首刑になった。

きょうは解剖の初日で、すでに屍体の内臓は取り除かれて、腹部には深い穴が空いていた。段取りを計っていたらしく、レンブラントは、次の胸部を割く前に到着した。デイマンは、いそいそと中央にあたる屍体の頭部に立つ。それにしたがって、見学者は左右に四人ずつ分れて屍体の横に並ぶ。またたく間に、絵の構図は決まった。

六

「ファーダァ！」

引き裂くような悲鳴、トゥルプは、病室の戸口で総毛立った。反射的にドアを蹴って走り込み、脈をとる内科医を押し退けた。痩せこけたローネンの顔には、死相が漂っていた。ベッド下に膝まずいて、ひとり娘のコルネリアが、父親の細い腕にすがった。明らかに重い肺炎を併発していたが、当時、危篤状態の患者には手の施し様はない。

虚空をあおいだローネンの顎が、カクンと外れたように落ちた。苦しく喘いで息を吸い込み、顎が上がって歯が険しくかち合った。それから、締まりなくカクンと下がった。末期《まつご》の顎《がく》呼吸である。「ファーダァ」と驚愕して、コルネリアは、父の顎に手をあてて口を閉じた。友の手をにぎったまま、トゥルプは、無惨な顎呼吸に呆然としていた。臨終だった…金髪を乱して父の胸に伏し、コルネリアは、悲痛に嗚咽《おえつ》をもらした。

数分足らず、ローネンの乱れた頭髪から、ポロポロと白い粉が零れ落ちた。白粉は毛髪を伝って、泡立つように次々と這いだしてくる。頭部にぬくぬくと巣くっていた毛虱《けじらみ》である。体温の冷却から、群をなして逃げだすのだ。見慣れた虫の習性だったが…狂ったようにトゥルプは、両手でベッドに散った毛虱を叩き潰した。

ローネンを埋葬して一ヶ月余、トゥルプは、親友の無念に悶々と悩んだ。あの集団肖像画には、ローネンが欠けている。注文主としては、完成した絵ではない。あの時レンブラントを説得できなかった、言いようのない苦々しさともどかしさ。なんとしても、ローネンの切なる願いを叶えてやりたい。その思いは、日に日に募って彼を駆りたてる。あの絵の中にローネンを加えねばならない—ついにトゥルプは、ひそかに意を決した。

芸術を冒瀆する行為と逡巡しつつ、彼は、誰に依頼するか思案する。天下のレンブラント作に手を入れる。そんな鉄面皮な注文をうける画家がいるだろうか。トゥルプの邪《よこしま》な計画は頓挫しかけた。遠い記憶をさ迷って、気にも留めなかったあの時のレンブラントの助手が浮かんだ。あの巻き舌の男！、天からの僥倖《ぎょうこう》とトゥルプは雀躍した。彼なら事情を知るから、極秘の役柄を理解できるだろう。あの男はまだ絵描きを続けているか、心配になった。

あの年から九年間、A・バッカーは、レンブラントのもとで修業した。しかし画才なく、破門同然に追いだされる。それでもアムステルダムを離れず、肖像の注文画を売って細々と暮らした。五十歳にとどくのに、いまだしがない貧乏絵描きであった。

市内在住のバッカーを探しだすのは、市長にはた易い。唐突に馬車を仕立てて、市長の使いは初手から慇懃《いんぎん》無礼だった。トゥルプとはたった一度、あの日に会ったきりだ。市長となった彼が、なに用か、皆目見当がつかない。用向きを尋ねても、使いでは埒《らち》があかない。ひたすら、不審と不安が増幅する。

重厚で華麗な市庁舎の、長い冷えた廊下を連行される。壮重な市長室は、広くて暖かい。大きな暖炉に赤々と炎が燃える。

「おー、バッカー君。久しぶりだねえ」いかにも懐かしげに、トゥルプは、彼の肩を抱きよせた。にこやかに、威圧感にすくむバッカーに語りかける。「じつは君に、肖像画を一枚画いてほしいんだよ」

まさか!、鳥肌がたってバッカーは縮みあがった。市長が私に絵の注文?、ありえないと、巻き舌がもつれて声にならない。かまわずトゥルプは、アッサリと核心にふれた。

「肖像画といっても、顔を画き足すだけなんだけどね」

一瞬、耳を疑ってバッカーは「画き足す…」と口ごもった。血の気が引いた満面が、みるみるうちに紅潮した。「君ィ、覚えているだろう?。あのとき遅ればせながら、描いてもらえなかった人がいたね。折角、間に合ったのに」むろんバッカーも、あの時の光景は忘れていない。師匠の傲慢とモデルの無念…。

トゥルプは、口調をかえて勢いこんだ。「造船業のフランス・ファン・ローネンを知っているね?。ローネンがあの時の彼だよ。覚えてるよね?」念をおされてバッケルの脳裡に、埋もれていた一連の場景がよみがえった。あの紳士が、財閥のローネンだったのか。

「彼は先月亡くなった。死ぬまで、あの絵のことを残念がっていたよ」語りながら憤りと悔しさが込みあげて、しばしトゥルプは絶句した。「十時間もかけて…駆けつけたんだよ」

一転して今度は、高飛車に威しをかけた。「だからバッカー君。あの絵の中に彼を画き加えてほしいんだよ」思わず身震いして、バッカーは後退りしていた。市長の注文は、他人の作品をみだりに損壊する行為だ。ましてや、レンブラントの傑作に筆を入れるなど、天を欺《あざむ》く所業だった。立ちすくんだまま、バッカーは辛うじて呟いた。「そんな、畏れ多いこと…」

師匠に知られれば、画壇から永久追放される。あの有名な絵に、人物が一人ふえた—それを隠しおおせるわけがない。尻込みする彼を懐柔しようと、トゥルプは得意の弁舌を振るう。「もちろん、誰にも喋らないよ。顔一つぐらい増えたって、誰も気づかないさ。万一ばれても、だれかの悪戯《いたずら》としらばくれればいい。知っているのは、君と私だけだよ」

なおも拒絶するバッカー。「あれは、私の絵なんだよ。私の物を私がどうしようと、自由だろう」所有者の権利を振りかざして、トゥルプは、事の正当性を強調する。その実、無理強いしながら、彼もまた後ろめたさを拭えない。だから、よけい苛つくのだ。

次は、有無を言わせぬ泣き落としにでる。「バッカー君。こんな修整は、他の絵描きには頼めないからねえ」加筆であって修整ではありません、と彼は言い返したい。「君がレンブラントの弟子だからこそ、頼むんだよ」破門された弟子です、と彼は口答えしたい。すっかり怖気づいて、バッカーは、かたくなにだんまりを極めこむ。

「あの絵のどこにローネンを入れるかは、君に任せるよ。君のセンスに期待しているよ」痺れを切らしてトゥルプは、貧乏画家の心底を逆撫でした。「それともレンブラントの修整は、君、自信ないのかね？」

不肖の弟子とはいえ、犬猫同然に叩きだされた屈辱は癒えない。バッカーには二十年間、天才レンブラントへの恨み、妬み、卑下、僻《ひが》み、敵意が鬱屈していた。劣等感の裏返しに、凡才は凡才なりのプライドがあった。これまで、このように制作を懇望されたことはなかった。初めての特注が、大市長からである。

暖炉の薪《たきぎ》が崩れて、炎が烈しく爆《は》ぜた。

レンブラントの傑作に筆を入れる…夢想だにしなかった天恵ではないか。にわかに、バッカーの心底に報復という邪心が鎌首をもたげた。師匠にならぶ筆遣いをみせれば、一矢報いることができる。また、力量が劣れば傑作に一塗りの汚点を残すが、それこそレンブラントに下る天罰だ。ひとり意気込んでバッカーは、かつてない昂揚に火照《ほて》った。

「市長殿」トゥルプをあおぐと、拝承の意中を垣間みせた。「私、ローネン様のお顔を覚えておりませんが…」

市庁の廊下は寒い。防寒の厚着が、暖炉の炎と冷汗でぐっしょり濡れていた。帰りぎわ、トゥルプは硬貨のつまった麻袋を差しだした。片膝ついてバッカーは、うやうやしく受けとった。袋はズシリと重い。もう逃げられないと、腹をくくる他なかった。

七

「君ィ。そこで、何してるんだね？」

背後からの詰問に、バッカーは、手にしたブラシを落としかけた。高い脚立に坐ったまま、振りむいて頓狂な声を張りあげた。「ハイ!。市長のご命令で、絵の汚れをとっています」ホールのドアを半開きにしたまま、頬髯濃い壮年の男が、「あー、そう」と無愛想に納得した。トゥルプ画の斜向《はすむ》かいの壁をチラと見、彼は、ガチーンと重いドアを閉めた。

誘われてバッカーは、脚立から遠目に反対側の絵を見、アッと息を詰めた。その解剖講義画の主役が、今の頬髯の男に酷似していた。バッカーは知らないが、彼は、現主任解剖官のデイマンであった。すでに「デイマン博士の解剖講義」は、ホールの壁を飾っていたのだ。一世一代の注文に気をとられて、バッカーは、ホール内の絵を鑑賞する余裕もなかった。不肖の元弟子は、それがレンブラントの新作とは知らないし、気づかない。

実は、バッカーは市長から、毎日曜日に人知れず作業するように厳命された。きょうは日曜日なので、外科医業組合会館は無人のはずだった。だから、頬髯には不意打ちを食らった。後ろめたさもあるから、びくつきながら、空巣のように音をたてず密やかに振る舞う。

脚立の足元には、ローネンの肖像の小品が立て掛けてある。彼は生前、数枚の肖像画を描かせていた。バッカーは、娘コルネリアから一枚を借りうけた。肖像画を見ても、あの時のルーネンの顔は思いだせない。

森閑としたホール内に、陽春の日差しが燦々と射しこむ。トゥルプ画は大きいので、いちいち壁から下ろせない。脚立の台に腰をすえて、新調の作業衣を着たバッカーは、高みにある壁の画面にむかう。歯に絵筆をくわえ、右手にパレットをつかみ、利き手で細長い支え棒を額縁にあてた。絵筆を指ににぎりながら、一瞬、目がくらんで平衡感覚を失う。

日曜日の昼下がり、ひとりトゥルプは、静かにホールのドアをあけた。久方ぶりの勝手知ったる会館である。半月ほどたって、バッカーから「終わりました」と短い伝言がとどいた。喜憂の交じる複雑な気分であった。トゥルプ画を観るのも久しい。とりわけ今日は、以前とは少しばかり異なる、ローネンの描かれたトゥルプ画であった。ここまで来て、絵の中でフランスと会える、と心が逸《はや》った。

大きな絵をあおぐと、しばし視線が画面をさ迷った。フランスは、どこにいる?。七人目のモデルは、画面の左によった奥に茫洋と立っていた。しまった…一見して、トゥルプは唇を噛んだ。一打ちに、期待と気力が阻喪した。

トゥルプにも絵の優劣は判る。屍体をかこむ楕円の構図が、左側にかたむく三角形になってバランスを崩していた。その楕円から後ろに外れたローネンは、遠近をみせて暗い背景にボンヤリと浮かぶ。それも、解剖医の手元を見詰める名士の真後ろという、稚拙な立ち位置だった。おまけに、ローネンは屍体をのぞきこまず、その目線は不自然に正面を見据える。ところが、画面中央奥の解剖書をもつハルトマンツは、巧みに真正面から観る側に目線をむけているのだ。そのため、正面目線の人物が二人になり、折角の焦点が定まらなくなった。

絵をあおいだまま、トゥルプは悄然《しょうぜん》と立ちつくす。あの凡庸《ぼんよう》に軽々に修整をさせたのが、過ちだった。一方、修整を引き受けたバッカーの身の程知らずは、愚かだ。今さら悔んでも憤っても取り返しはつかない。彼に修整を消させても、失敗の上塗りになるだけだ。もう奴の顔は二度と見たくないと、トゥルプは独り苦虫を噛みつぶした。

せめてもの救いは、凡才ながら、ローネンの風貌を写し取っていたことだ。三白眼は見えないが、面長のおだやかな友の温容があった。とにかく、見学者にローネンを加えて、ようやく彼の心残りを晴らした。不承不承ながらトゥルプは、己れを納得させようとしていた。ここでいたずらに騒がず、このまま黙って口を拭おう。消沈しながら、相変らず切り替えは早い。

重たい踵を返しかけて、斜向かいの壁の絵が視野をよぎった。見慣れない絵…誘われて数歩、その小さめの額に歩みよった。そこでトゥルプは、うッと呻いて棒立ちになった。すぐに、後任のデイマン画と分かった。しかも絵は、まぎれもなくレンブラント作だった。

観る者の眼前に、屍体の大きな裸足の裏が左右に開いていた。その向うに内臓のないグロテスクな黒い穴、ぶ厚い胸はまだ割《さ》いていない。その上に、両肩まで垂れた伸び放題の金髪、暗く落ちこんだ両眼、太い鼻筋、厚い唇の死に顔が、無様に正面をむいていた。折れた首を立たせて、両足裏の間から顔貌を晒した凄み──意表をついた視点、奇抜な構図であった。

その後ろ側、フロックコートの頬髯の解剖医が、両手で頭髪をかぶった頭部を剖く。左には若い見学者が、右手に鋸で切りとった碗のような頭蓋骨をもつ。解剖医の両側には、見学者が対象に四人ずつ立つ。瞬時、刻《とき》を止めて、解剖の一場を大胆に写した一作である。

このホールでトゥルプが、レンブラントに度肝を抜かれたのは二度目だった。見様によっては、その独創性からデイマン画はトゥルプ画を超えていた。よろけるようにドアにむかうと、足元にプチンと鈍い音がはじけた。見ると、靴先に太い皮袋を踏みつけている。厚い皮が裂けて、赤い油絵具が磨いた床に点々と飛び散っていた。

当時、油絵具はソーセージのように豚の腸に詰め、鋲で穴をあけて絞りだして使った。絵描きの商売道具…バッカーの落とし物だ。無性に腹立ってトゥルプは、思いきり腸詰めを蹴飛ばして怒鳴り声をあげていた。

「粗忽者《そこつ》奴！」

八

それから五年後、A・バッカーは一六六一年、五十三歳で死んだ。

J・デイマンは一六六六年、四十六歳で死んだ。

レンブラントは一六六九年、六十三歳で死んだ。

もっとも年長だったN・トゥルプは一六七四年、八十一歳で死んだ。

それから半世紀後、一七二三年に外科医業組合会館が延焼し、デイマン画の四分の三が損焼した。加筆を噂されながら、斜向かいの壁にあった「トゥルプ博士の解剖講義」は、焼失を免れた。

舞う子

一

「奥さん。やっぱり逆子だねえ」

超音波診断装置の粗い画面をみながら、産婦人科医の吉岡は、事もなげに野太い声をあげた。ギクシャク揺れるモノクロ画像に、わが子を見たくない――あおむいたまま、塔子は黙ってうなずいた。目線は、高みの天井を泳いでいた。

プローブでふくらんだ腹部をなでながら、吉岡は、悪戯っぽい笑みを散らせた。「ホーホー、奥さん。別嬪さんだあ…ママ似の別嬪さんだよ」

女の子というのは、知っている。今どき〝べっぴん〟なんて、古めかしい。冷かされて塔子は、「そんなこと、分かるんですか?」と尖っていた。その声色に頓着せず、吉岡は、黒縁の太眼鏡をずりあげた。「そりゃあ奥さん。三十年もエコーみてるんだから、ブスでも分かりますよ」

冗談が過ぎる。胎児は発育すると、顔など局部が大きく映る。モニターの精度があがったとはいえ、胎児の器量を品評する厚かましさ。このざっくばらんで無神経な物言いが案外、女性患者に受けがいい。笑い目のナースが、腹部にぬったゼリーを拭きとる。平たくひろがったへそが、体裁わるい。お腹の子は、母親の体形の崩れなどお構いなしだ。

　腹をさわると、たしかにみぞおちの下方に固い頭が触れる。はじめ胎児は逆子だが、頭が重くなる妊娠30週頃から、頭を下にした体位（頭位）に落ちつく。それでも数％は出産時になっても、頭を上にした体位（骨盤位）のままだ。妊婦はだれでも、その数％になりたくない。ふつう胎児は頭からでるので産道がひろがり、出やすくなってスムーズに自然分娩する。逆子では手足が先なので出にくく、産道がせまくて圧迫されたり、臍帯《さいたい》（へその緒）がからまったりするトラブルが起こりやすいのだ。

　もう32週をすぎている…搭子は、憮然として腹帯をひっぱりあげた。半月前の検診でも、同じ質問をした。「先生。逆子なおりますか？」

　逆子なのに、吉岡は、いっこうに横臥の指導もしない。ふつう30週頃から、胎児の姿勢にあわせて横向きに寝る。すると、子宮内で自然に回転して頭位になるという。この半月間、出産ガイドブックにならって、搭子は、枕をあてて右横向きに寝ていた。その効果もなかった…。

「まあ奥さん。様子をみましょう」

　個人差があるからと取りあわない。又はぐらかされて、彼女は口をむすんだ。逆子なら帝王切開すればよいと、吉岡は、天から決めているようだ。たしかに、逆子なら開腹したほうがリスクは減り、母子ともに安全なのだ。受診まえ、この東京麹町病院の産婦人科の手術件数や症例を調べた。科長の吉岡は腕がよい、とのもっぱらの評判だった。とはいえ、出産までに逆子をなおせば、帝王切開はやらずに済むのだ。

塔子は不承不承、診察室をでる。

「奥さん。順調ですよ。ノープロブレム！」白衣の肥満体をゆすって、吉岡の濁声《だみごえ》が追ってきた。ノープロブレムって…できれば手術は避けたい、という妊婦の心情を意に介さない。

初夏の陽射しが厳しい。

病院の長い廊下をでると、妙にけだるい。日傘を斜《しゃ》にさして、塔子は、中央線沿いの土手堤をゆっくり歩く。上背があり華奢《きゃしゃ》なので、腹部のふくらみが目立つ。片手で下腹をかばう妊婦の仕草が、妙に卑猥《ひわい》だ。

うなじが暑くて、傘の柄をまわして日差しを撥ねちらす。吉岡の野暮ったいフレームが、瞼をよぎった。ダサイ…塔子は、奥さん奥さんと連発する医者に苛立っていた、と気づく。

私は、奥さんではない―初診時に、ちゃんと未婚の母と告げてある。もちろん、父親は明かしていないが、余計な気遣いをする医者の浅慮。夫がいないのに奥さん呼ばわりされるのは、気色がわるい。

途中、黒い桜樹の日陰にあるベンチに座る。両足をだらしなく広げて、木目の手触りが心地よい。小さな肥えたふくら雀が、茂みのなかに十数羽、餌をさがして跳ねている。子宮がみぞおち辺りまでふくらんで、胃や心臓を遠慮なく押しあげる。胃がもたれ胸やけに悩まされ、動悸と息切れにあえぐ。そんな母体にかまわず胎児はローリングして、幾度も身体の向きをかえる。

「マーちゃん」

両手で張った腹部をさすりながら、優しく話しかける。ふつうは、性別はついていても、出産後に命名して子の誕生を祝う。無頓着で不謹慎な塔子は、早々にお腹の子を〝舞〟と名づけ、マーちゃんとよぶ。お腹の子には、へその緒でつながる母親の声しか通じないと思い込む。「マーちゃん。まだ頭重くないのねえ」頭を上にした逆子なのよ、とは舞を責めるようで言えない。「マーちゃんは、きっと小顔なのね」いま流行《はや》りの褒め言葉をつかって、塔子は自らをなだめる。

すでに平衡感覚器官は働いているので、胎児は自らの動きにともなう変化は感じとっている。とはいえ、胎内では上も下も方向感覚はないだろう。はじめ胎児は、臍帯につながれて羊水の海を回遊し、やがて窮屈な子宮の袋に丸くなる。いま胎内の娘は、身長四十センチ、体重千五百グラムほどだ。とうに聴覚器官はできていて、同体の母親の声をおぼえる。父親がいれば、じきにその声も聞きわける。

「マーちゃん。きょうは外、暑いのよォ」塔子は、にわかに渇きにおそわれた。舞が水を欲しがっている—食べるのも飲むのも、娘の欲求に急かされる。妊娠して、見事に嗜好《しこう》がかわった。「いまお水、飲むからね。ちょっと待っててね」

隣りに座った女子学生が、妊婦の大口の独り言に気味悪そうに離れていく。とにかく大儀で、人目をはばかる余裕もない。「マーちゃん、飲むよォ」喉をならして塔子は、ペットボトルをあおった。言葉は通じなくても、声と動きは察知できるはずだ。

あッ、舞が両足で下腹を蹴った。

水にうるおったのか、小さな足をつっぱって、思いきり蹴られたような肉感だ。胎児の動きが子宮の外側の腹壁に伝わるのが、胎動である。初めて胎動を感じたときは、動いた！と驚喜した。この頃は、背伸びをし手足を振るので、いささか持てあまし気味だ。「マーちゃん。そんなに蹴らないでよ」

たいそう虫の居所が悪い…娘が、逆子を叱られたと怒っているのか、なにか不足を訴えているのか、困惑する。とにかく、気のつよい娘《こ》だ。妊娠の身につぎつぎ襲いくる未知の異変に、動揺し畏怖する日々…。腹腔内の別人格が、勝手気儘に初産の母親を脅かす。ただの生理現象と知りつつ、塔子は、舞の反応に神経過敏になる。母性という動物本能は否応なしに、胎児の発する圧倒的な営みを甘受するほかない。とにかく胎児は、母体を支配する不可侵の存在なのだ。

ヨイショ、両足を踏みしめてベンチを立つ。むくみはでていないが、ポッテリした脂肪太りが気色わるい。できるだけウォーキングするため、病院を往復できる近間《ちかま》に仮住まいした。ところが、せりだした腹部で足元がみえず、歩くのが危なっかしい。半年前には夢想だにしなかった、生身の身体の驚くべき変わり様。妊婦は、こうした肉体の不都合と理不尽を耐え忍ぶ。

二

「さあ、マーちゃん。帰ってきたよ」

市ヶ谷駅に程近い十階建マンション。地震にそなえて二階の、一LDKを借りた。マタニティの裾をパタパタあおいで、ウェアの内股に風を吹きこむ。リビングにある木製のロッキングチェアに沈みこむ。

とりあえず出産までの一年間なので、室内はまことに殺風景である。ただ一つの贅沢品は、マホガニーのオーディオ・セット。「マーちゃん。ジュピターだよ」

軽快なテンポにのって、優美な旋律が淡彩な壁面をなでるように流れる。モーツァルトの交響曲第四十一番『ジュピター』。いまはロッキングは止めてあるが、この半年間、チェアにゆれながら朝な夕なに舞に聞かせた。胎教のための音色だが、体調のゆらぐ塔子の癒しでもある。

この年にして…と、妊娠の日から自責する。彼女は三十八歳、十月の出産予定日には三十九になる。WHO（世界保健機構）は、三十五歳以上で初めて出産する女性を高年初産婦という。五十歳を越えても出産できる時代だが、高齢出産には母体・胎児ともにトラブルのおこる確率が高まる。

だから塔子は、神妙に区の母親学級に参加し、栄養管理のため料理教室にも通った。吉岡がノープロブレム！と安心させたのは、高年初産婦への気遣いである。彼は、逆産より高年初産のリスクを観察してきたのだ。それは判っていたから、塔子は、ぐちりつつも吉岡を頼りにする。

ふと、チェアにうたた寝をしていた。寝汗が、汗腺をあふれて脇から腹部までにじむ。舞の小さな足が、たがい違いに下腹を蹴る…食事の時間だ。

「マーちゃん。お休みまえの体操よ」

腹帯のガードルを外し、薄いナイトウェアに着替える。リビングの絨毯《じゅうたん》に四ツ這いになる。両膝と両肘をついて尻をつきあげ、そのまま猫が背伸びするように柔軟に上下運動する。就寝まえに、半月前からつづける胸腹位法という逆子体操である。

無理な力をかけず、腹を突っ張らない。腹部が重く垂れるので、この反復運動はかなりシンドイ。休みやすみなのだが、五分もすると汗がふきだす。それでも、効果のほどは五分五分らしい。

舞には、逆子矯正体操とは話していない。逆子の回転は、胎児の能動なのか受動なのか定かでないからだ。心地よいのか、彼女は、波うつような揺り返しに逆らうことはない。

十五分ほど、ハアハアとあえぎながら隣室のベッドに伏せる。母体の鼓動は、舞には子守歌代わりだ。

三

「トーコ！　久しぶりィ元気？」

携帯に、桜井美香の朗らかな奇声がはじける。「あのぅ…相談があるのよ」彼女の高音におされて喉がつまる。「相談ってなによ？」と、はしゃぎながら問いかえす桜井。彼女は、大学の同級生だった。親友というわけではないが、陰と陽なのにたいそう馬が合った。

「わたし、コドモができたのよ」

ええッと一驚して、桜井は急きこんだ。「トーコ、いつ結婚したの!?」

「結婚なんか、してないわよ」冷静をよそおう友の声に、思わず桜井は口ごもる。「そう…妊娠したの？　何ヶ月？」「九ヶ月目なの」

携帯の声が引いて沈黙した。もう核心は明かしたので、塔子は開きなおった。「会える？」

「えッ、トーコ東京にきてるの？」早とちりして桜井は咳きこんでいた。

「ミカ。わたし、東京に住んでいるのよ」桜井は、携帯の遠くで絶句した。さすがに塔子は、旧友をいたく驚かしたと悔んだ。桜井は、在学中に看護士と恋愛結婚し二児の母となり、無難な道のりを歩む。

市ヶ谷駅そばの喫茶店ルノアール。下宿が近かったので学生時代、彼女とだべっていた馴染みのカフェだ。日曜日の界隈には、思いがけず静謐《せいひつ》な刻がただよう。二階のカフェは空いていて、向こう席に個人レッスンの男女が座っていた。

久々に塔子の切れ長の目が冴える。中年肥りになったが、桜井の相好は学生時代を彷彿させる。開口一番、「トーコ。相手はどういう人？」と単刀直入に質《ただ》した。撥ねるように、臆面もない返事がかえってきた。「妻子持ちよ」

予期していた不祥事…桜井はひるまず畳みかけた。「相手は、あなたの妊娠知ってるの？」

塔子は、澄まして視線を反らす。「もちろん、知らないわよ」

思わず、桜井は舌打ちしていた。男の浮気か女の不倫か、ストイックな塔子らしくない不始末だ。腹布袋《ぼて》になって、今さら堕《おろ》す相談ではない。「それでも産むわけね」と、手加減せずに念押しした。そんな愚問には答えない。だれの子?と聞きたいが、口を割る塔子ではない。黙って、独りで産んで独りで育てる覚悟を決めている。

いわれのない憤りが込みあげてきて、桜井は、「相談って何よ」とぞんざいに問うた。「ミカ。この子、逆子なの。あなた、外回転術をやる医者しらない?」すがるような彼女の面持ちに、桜井は真顔になって問いかえした。「セカンド・オピニオン?」「いえ、いまの麹町の先生には黙ってるわ。なにしろ、カイザーすればいいと思ってる医者だから」たしかに国際的には十年前から、逆子の分娩はすべて帝王切開にすべきであるとされている。

桜井は、しばし溜息をついた。外回転術は、医師が腹の上から手をあてて、逆子の体位を回転して頭を下にする処置である。人為的なのでリスクもあり、熟練を要する。首尾よくいくのは、六〜七割という。「ウーン。外回転術、最近あまりやらないようよ」「そうなの」と、塔子は窮状を訴えた。「ネットじゃ信用できないし、誰にも聞けないし…探してるのよ」

「分かった。産婦人科の先生に聞いてみるわ」駄弁に似合わず、桜井の動きは速い。携帯を片手に喫茶店の外へでた。彼女は、母校の医科大学で皮膚科の講師をつとめている。子を持つと不本意ながら、人に頼り人に乞い、いろいろ世間様に頭を下げねばならない。塔子は、所在なげに珈琲カップをもつが口にしない。カフェインは、舞に障る。英会話のレッスンと思ったが、とぎれとぎれに早口の中国語が聞こえる。

携帯をしまいながら、桜井は、三鷹に外回転術に優れた産婦人科医がいるという。「マトモな先生だってよ」と、彼女は受診をすすめた。数少ない外回転術のできる医者—間違いはないらしい。「三鷹は、市ヶ谷から総武線で乗りかえなしだよね」タクシーでは、長い揺れが心細い。「むかしは産婆さんが半日がかりで直したけど、今はそんなに時間は取らないらしいよ」

いちおう役目をはたして、気分がほぐれたのか、桜井のお節介癖がでる。「トーコ。カイザーは、どうしても嫌なの?」目を伏せながら塔子は、ウーンと思案した。「そうだよねえ、お腹切るのは嫌だよねえ」察して、桜井は忙しなく言葉をにごした。「ねえ、〝お腹を痛めた子〟っていうけど、帝王切開はほんとうに腹を痛めるんだからね。傷も残るしね」どうも、具合のわるい茶化しになった。じつは、桜井は二児ともに自然分娩だった。逆子に悩む友…気の好い彼女は、正常に産んだことが申訳ない気がした。

「ミカ…」友の親身に絆《ほだ》されたか、塔子がポロリと本音をもらした。「わたし、高年初産なのよ」だから、よけい逆子が心配と弱音をのぞかせた。二人とも、卵子が老化すると知っている。塔子らしからぬ泣き言だったが、桜井は笑いとばした。「トーコ。いま幼稚園に行ってみなさい。三十代の母親だらけ、若い母親なんていないわよ。五十歳で産む人もいるしね。それに皆、一人っ子ばかりよ」

励ますつもりが、軽はずみに舌がすべった。あとの言葉がつづかず桜井の目が泳ぐ。塔子は、一人っ子で、しかも父無し子を産むのだ。今では、〝私生児〟は禁句になった。

桜井は、さり気なく話題をかえる。

「驚いた、おどろいた…あの仁科塔子がシングルマザーとはねえ」おどけながら桜井は、にわかに饒舌になる。「トーコは、降るほどのプロポーズがあったのに、右に左にバッタバッタと蹴っちゃって、あゝ勿体ない！　あの同級生の後藤君も、高嶺の花だって泣く泣く諦めたわ。私に回してもらいたい男も、いたのよ」桜井は、想いだしても口惜しげに唇を尖らす。苦笑いして塔子は、レッスン中の男女に気兼ねした。「ミカ。大げさなこと言わないでよ」

桜井のやっかみは、じきに学生時代の懐旧にかわる。「トーコは男嫌いっていうか、男をバカにしていたね。男のパンツ洗うなんてゴメンよって、よく言ってたよね」そこで、彼女は絶句した。その塔子が身籠ったなんて、未婚の母なんて…信じられない。桜井は、マドンナ塔子の体たらくに幻滅していた。

「トーコ。仕事はどうしたの？」一息継ぐと彼女は、甲高い声をあげた。「甲府の病院、辞めたの！　眼科の医長だったんでしょ」首を振りふり「辞めちゃったの」と、残念そうに繰りかえす。それでも、かろうじて友の事情を推しはかる。「そうか…病院にいられなくなったということね」はしたなく彼女の関心は、塔子と遊んだ男にむく。相手は院内の医者…同じ眼科か。それを問い質しても、口が裂けても言うまい。

四

「田宮君。だいぶ酔ってるわよ」

眼科学会の中日、眼科医仲間としたたかに宴遊した。京都の夜は、にぎやかだが暗い。タクシーで送るからと、後輩の田宮を乗せた。彼は、塔子のつとめる甲府記念病院の眼科の医員である。聞けば、宿は同じ祇園のホテルだ。

「田宮君。飲めないのに無理するからよ」酒につよい塔子は、後輩の酔態を揶揄《やゆ》した。医学部では卒業の序列は厳しいから、院内では田宮先生だが、外では君付けである。有能でクールで高慢なイメージの塔子—その彼女が年下の男を君付けすると、妙に艶っぽい。

大丈夫ですと左右にゆれながら、童顔の田宮は甘えてぐちる。「…塔子先生は、恐いからなあ」三十すぎた一児の父にしては、幼い。

「何階？田宮君」塔子は、ほろ酔い機嫌なので急かさない。ポケットをまさぐると、彼は三階…とつぶやく。「アラ、同じ階ね」彼女は、階数ボタンをポンと叩く。鍵をふりながら田宮は、「塔子先生は、どこのホテルですか？」と問う。彼女が室まで送ってくれていると、勘違いしている。塔子は苦笑して答えず、点滅する階数を追った。

「田宮君。何号室？」

塔子が誘導して、狭い廊下を歩く。たまたま室は近くで、田宮のほうが先だった。「田宮君は、この室よ」と教える。「キーあけられる？」酔眼を泳がせて彼は、深々とうなずく。「それじゃあ、お休み」と、塔子はあっさり背をむけた。うしろに、鍵を合わせようと躍起になる音…頼りない後輩の体たらくに、仕様がないわねえと引きかえす。

「大丈夫？あくの？」田宮の手元をのぞくと、ちょうどドアが勢いよく開いた。いきなり、男の手が塔子の腕をにぎって荒々しく引きよせた。あッと悲鳴をあげるが、力ずくでは敵わない。二人はもつれあったまま、半開きのドアをはねて室内に折り重なって倒れこんだ。支えを失ったドアが、固い施錠の音をたてて閉じた。

五

「ミカ。弾みだったのよ」

平静をよそおいながら、塔子は裏声になっていた。桜井は、込みあげてくる意地悪い苦言を抑えられない。「みんな、そう言うのよ。トーコ」塔子の弁解など聞きたくない―彼女は、皮肉をこめて難詰した。「トーコ。格好つけてシングルマザーなんて言うけど、まやかしよ。独りで育てるなんて意気がったって、子供は父親がいないのよ。それ、母親の身勝手じゃない？　母親のエゴじゃない？」

翌朝、酔いにまかせた一夜の過ちに恐懼《きょうく》し、田宮は、独り甲府へ逃げかえった。塔子は、変わりなく翌日の学会にでた。それからの彼は、塔子の問責を恐れ、眼科診療室でもよそよそしく彼女を避け、かたくなに小心を閉ざす。

一方、ゆめゆめ思わせぶりな仕草をみせた覚えはないが、男の誘いにもろくも崩れた塔子である。一度の失敗、と強いて自らを免罪した。大人の火遊びはあの夜限り、つとめて平静に黙して秘する。

そのじつ、彼女は決して心おだやかではなかった。あの日は、生理を終えて半月あまり経っていた。性交すれば、受精する可能性のある時期である。あの時、狂おしい情火のさなか、一瞬、ヤバイという一閃が脳裡をかすめた。

「トーコ。堕すという選択肢はなかったの?」

とうとう桜井は、もっとも過酷な問いを投げて、塔子の決断を責めた。彼女のふくよかな頬に怯《おび》えが走り、血の気が引いた。〝堕胎《だたい》〟はとうに死語だが、〝人工中絶〟もまたおぞましい。両手で腹部をかばって、塔子は尖り声をあげた。「堕すなんて、考えたこともないわ!」

レッスン中の二人が、ギョッと振りむいた。

六

一抹の懸念は日を追って濃くなり、生理から一ヶ月たっても基礎体温が下がらない。まさかという悔恨、ありえないという切望が交錯する。屈辱の買物…大月まで車を飛ばして、小さな薬局で妊娠判定薬を買う。妊娠すると、特有のホルモンが分泌されて尿にでる。試薬にはアッサリ、陽性マークがでた。便座にすわったまま、塔子は、しばし茫然とした。ひそかに覚悟していたものの、いざ現実を突きつけられると自失した。

一発必中という信じがたい間の悪さ…神様の悪戯などと、そんな責任転嫁は彼女のプライドが許さない。この私が愚かなエラーを冒した―煮えかえるような自責の念が込みあげてくる。男は射精するだけだが、諾否に関らずに、それを受けた女は人生が一変する。まして塔子には、夢想だにしない椿事だった。

さすがの塔子も、それから一週間上の空であった。もう妊娠二ヶ月目に入って、すでに胎児は顔の部分の形成がはじまっている。胎内の命は日々、凄まじい速さで生長して止め様はない。胎児の体温は母体より〇・五度ほど高いが、それだけ激しく燃焼しているのだ。いつも冷静な塔子が浮足立ったが、いよいよ腹をくくらねばならない。

決心すれば、うじうじと悩まない。彼女はつわりを覚られる前に、病院に辞表をだし故郷の甲府を逐電する。

目を据えて、塔子は声をひそめた。「ミカ。わたし、夫はいらないけど、せっかく授った子供は欲しかったのよ」

「うん、分かるよ」もう言いつくしたので、桜井は、彼女の本音に同感した。「やっぱり、子供は天からの授かりものだからね。すっかり母親の顔になっているよ。トーコ」

話をそらして彼女は、共通の記憶を誘う。「そうそう、トーコ覚えてる？ ひとりアメリカに行って、不倫の子を産んだ女優がいたじゃない。男の名は隠しとおして、エライ女がいるって話したよね。ところが、産まれた子が育って、噂された元プロ野球選手に似てきて、バレちゃった、ネ」ここでまた、調子にのってマズイ例を引いた、と桜井は首をちぢめた。

「おとこ？おんな？」彼女は、塔子の大きな腹を指しながら話をそらす。「女の子はいいなあ。坊主は生意気！　話し相手にならないしね」遅まきながら塔子は、しきりに羨ましがる彼女に「ご主人はお元気？」とたずねた。

ここで、ひとしきり桜井のボヤキを聞かされる羽目になった。夫君は、二年前にカンボジアの医療ボランティアに参加し、いまだに帰ってこないという。「大切な妻子を放りだして、異国の赤の他人の世話をするなんて、どういう神経してるの！　トーコ、亭主なんていらないわよ。うちの子、父親の顔も忘れてるのよ」

「マーちゃん。疲れたねえ」

桜井と別れると、塔子は、ほったらかしていた舞に詫びる。「ママ、お友達と長話しちゃって、ごめんネ」娘が下腹を蹴りはじめたので、攣《つ》る足を引きずって帰りをいそぐ。気の置けない友だったが、話柄が重すぎた。

じつに塔子は、気ばかりが焦っていた。逆子は32週をすぎると、胎児が大きくなり胎内の羊水が減って、自然に回転しにくくなる。もう就寝まえの逆子体操は、止めにした。明朝、いちばんにアポをとろう。

三鷹駅南口の広場から、野天のエスカレーターを下りる。にぎわう商店通りをぬけると、殺風景な住宅街にでる。道をたずねた学生に案内されて、建てました三階建の産婦人科森医院にたどりつく。ふつう妊婦のウォーキングは、八ヶ月までと指導された。市ヶ谷からJRで三十分あまり、塔子には辛い道中である。

玄関脇には、「森東洋医学研究所」という木彫りの看板が吊してある。医者同士だから余計、初診患者の身は鬱陶しい。診察を待つ数人が、一斉に彼女を見あげた。

「仁科さん」産婦人科医の森は、丁重に診察台の彼女に声をかけた。五十歳前後の神経質ぽい痩身の医者である。「ホラ、赤ちゃんがあくびしてますよ」

言われるままに顔をあげ、塔子は、茶褐色の画面をのぞいた。画面一杯に、立体的な人の幼な顔が陰影を映してゆれ動いている。麹町の病院とはちがう最新型の三次元モニターである。思わず彼女は両肘をたてて、「先生、ハッキリ見えるんですね」と一驚した。胎児の目蓋が、明瞭に開いて、閉じて、開く。

「ホラ、また大きなあくび」森は、嬉しそうに画面を指さす。「眠たいんでしょうね」目鼻立ちが整っていて、吉岡のいうとおり別嬪であった。初めてわが子の人体《にんてい》に対面し、眠っていた塔子の母性が一挙に噴きだした。

不覚にも、涙が止めどなくあふれだし、片手で口をおおってむせび泣いた。我ながら信じがたいほど、だらしなく涙線がゆるんでいる。森はモニターをはなれて、患者が落ちつくのを待った。冷静でしたたかな塔子が、妊娠してから情緒定まらず涙もろくなった。母性という圧倒的な本能が、彼女を意のままに支配し別人に変えていた。

診察台に坐ったまま塔子は、ティッシュで頬をぬぐい鼻をかんだ。「ごめんなさいね」と、ナースに照れ笑いした。決まりわるくて、もう恥も外聞もない。

「仁科さん。この体位ですと外回転術はできますが、五分五分ですね」森は、おだやかな言い様で説く。鼻汁をすすりながら、「もう32週たってますので…」と途切れた。あとを彼が引きとって、塔子の求めに応える。「赤ちゃんもまだ小さめですし、お腹のなかの環境も良いですから、なんとか回れるでしょう」患者の情緒不安定は、胎内に影響するから気分をやわらげる。「とにかく急ぎましょうね」

七

「母さん、ここで何してるの!?」

マンションの狭いエントランスに入るや、塔子は仰天した。両手に荷物をかかえて、定子が、身じろぎもせず椅子に座っていた。

「何してる、はないだろ。アンタ、もうじき十ヶ月になるんでしょ」「まだ九ヶ月よ」おうむ返しに斥けて、彼女は憮然とした。母親が出産の手伝いにくるとは、思ってもみなかったのだ。だから住所は教えたが、室の鍵も渡していない。

「室はどこ?」とうながされて、塔子は、気まずくエレベーターに乗る。定子は、中学校の国語担任の教諭だった。塔子を産んでまもなく離婚し、ひとりで娘を育てた。教頭までつとめあげて、五年前に退職した。娘のころから母親とは反りが合わず、甲府市内に別居していた。躾に厳しく、しばしば物差しで打擲《ちょうちゃく》された。塔子には、キツイ母親という印象しかない。

「なーンもないのねえ」室内を見まわして、定子は呆れてみせた。三鷹帰りの塔子は、返事をするのも億劫《おっくう》だった。チェアに座りこむと、定子は、「どこへ行ってたの?」と詰問する。「ちょっとウォーキングよ」と物憂い。「もう歩くのは止めたほうが、いいんじゃない」と命令口調だ。その頭ごなしな物言いが、いつも勘にさわる。

黙りこんで塔子は、目をつむる。森は、あさって土曜日の午後と約した。五分五分だが、おそらく回るだろう—その励ましが嬉しい。

ふと醒めて、爆睡していたと気づく。壁際に、なにやら花やかな新品のグッズが並べてある。瞳を凝らすと、肌着、おくるみ、ベビードレス、布おむつ、おむつカバー、哺乳ビン、粉ミルク…出産には欠かせないベビー用品である。

塔子は、平手打ちをくらったように呻いた。臨月になったら揃えようと、かるく考えていた。哺乳ビンと粉ミルクに虚をつかれた。乳首もある…新生児の授乳まで思いが及ばなかった。

とうに、乳房はふくらみ乳腺が張り、乳首はただれたように黒ずんでいる。舞をだく日、乳を飲ます日は間近い。この九ヶ月、腹中の舞が全てを占めていたから、出産準備まで気が回らなかった。あの母親が娘の出産を気遣った、という驚きもあった。相談できる相手は母親だった、と今さら後ろめたさを覚えた。小箪笥や物入れがないので、定子らしく几帳面に床にそろえてある。

牛乳をコップ飲みしながら、ジュピターを聴く。コンビニの袋をかかえて、定子がもどってきた。もう六十代半ば、「東京も暑いねえ」と息切れする。塔子は、素直にベビー用品の礼をいう。額に皺《しわ》をよせて、「ベビーベッドとベビーバスはリースだよ」と教える。そのあと定子は、どうせ一人じゃ出来やしないんだから、とつぶやいた。

嫌みでも咎めでもないのだが…たがいに口喧嘩は避けて、いつも黙りこんだきり会話が途切れる。学生時代、甲府に遊びにきた桜井が、帰りがけに「お母さんとトーコ、キャラが似てるんだよ」と指摘した。的を射た寸言と、今でも肝に銘じている。体型も、同じく背丈があり細づくりだ。母娘、似すぎるから合わないのだ。

ふしだらな妊娠を告げた時、母親は、顔色も変えずに「好きにすれば」と言い捨てた。言い様があるだろうと、塔子は逆切れしたが…娘の重大事にも、平然としている。その冷淡と気丈には太刀打ちできない。

「塔子。あなた、外回転術をやるの？」

冷蔵庫をあけながら、定子は気軽くたずねる。ベッド脇に置いたネットの検索プリントを読んだらしい。「逆子なの？」

「そうよ…」と、塔子は無愛想に受け答えする。

「あなたも逆子だったのよ」

「…知ってるよ」

「私、帝王切開したのよ」

「…知ってるよ」

「あなた帝王切開、イヤなの？」

「…嫌よ」

「あなたらしくないね」

二人の遣《や》りとりは、それだけだった。いつも、定子の余分な一言で終わる。気を張った糸が切れると、欝々と疎ましい空気がよどむ。いつも、それを振りはらうのは塔子である。「マーちゃん。お婆ちゃまが見えたのよ。ママと声が似てるから、間違わないでね」気が滅入って、定子への嫌味がこもっていた。「きょうは、お婆ちゃまが御飯つくってくれるのよ。美味しいよォ」包丁を握ったまま、定子は、いぶかし気に娘をみた。胎児に話する妊婦が、珍妙で道化じみて映った。

八

土曜日の総武線の下り。優先シートに身をゆだねる。出がけに、「一泊するかもしれないからね」と伝えると、「私、歌舞伎みにいくからね」という。その無神経が気に障って、思いだしては苛《いら》々する。上腹部をなでると丸い頭がふれて、舞はまだ骨盤位と知る。外回転術は、胎盤が剥離したり臍帯がからまるトラブルがあるという。あれやこれやと思いわずらい、なかなか陽性には考えられない。うっかり、三鷹駅で寝すごしそうになった。

診療時間外らしく、院内に患者はみえない。森は、律儀に年配の助産師を紹介した。三日前の泣きじゃくりを知るナースもいた。三人のチームプレイを必要とするのかと、塔子は身を固くした。

「きょうは赤ちゃん、元気でしたか？　ローリングしてました？」問診しながら森は、一通りモニターの画面をみる。「先生。この子、小顔なんですか？」あおむいたまま塔子は、落ち着きなく取りとめなく尋ねる。二度目なのに、森は話しやすい。「だから、頭が重くないんですね？」我ながら他愛がない質問に、自分を叱咤《しった》したい気分だ。

「それでは仁科さん。楽にしていてください。強くはやりませんからね」モニターを観察しながら森は、上腹部に片手を当てて、ていねいに胎児の頭の位置を確認する。ついで、慎重に下腹部の手足の状態をさぐる。いま子宮内でどんな体位でいるか、その姿勢をモニターと触感から推測する。

「痛くありませんね？」相槌をうちながら、塔子は、これは難しい処置とほぞをかんだ。なぜ外回転術というのか？　彼女は事前に調べた。ふつう胎児は、海老のように前向きに丸まっている。腹部には、胎盤から臍帯がつながる。頭位にするには、下をむいた頭が骨盤の凹みにおさまって、そのまま体位が定まらないとならない。ところが、腹側に内回転すると、半回転して止まらず、球のように一回転して元に戻ってしまう。

そこで、背側にのけ反らせて、その勢いで頭を骨盤の凹みにおさめる。だから、バック転でなければ逆子は直らない、と塔子は解釈した。その是非を森に質したかったのだが、そんな余裕はない。

「仁科さん。体を少しこちらに向けてください」身重の妊婦が、仰向けから横向けになるのはシンドイ。「大丈夫ですよ」と、助産師が腰を支える。「そう、もうちょっと横向きにお願いします」

その斜めの姿勢が、胎児の体位を捉えたらしい。どうやら、即座に回すようだ。「仁科さん。ゆっくり深呼吸してください」モニターのマウスをはなすと、森はスーと椅子から立った。片手の指をひろげて、彼は、上腹部の頭を外からやんわり押さえた。もう一方の手で、大きな腹部の脇をゆるゆると揉みはじめる。指と手の平を強く弱く押しては引いて、巧みに外圧をくわえる。それから、両手で頭部をおさえて下方へぐうっと押しやる。

両拳をにぎりしめて塔子は、その手の圧力に小刻みにふるえた。外回転は、胎児にかなり負担がかかるのではないか。自然な分娩を望んだばかりに、心ならずも不自然な試練に攻めたてられる。得体のしれないストレスに、小さい舞がおびえている…。

「今のところ、回りませんねえ」

塔子は、汗にまみれた腹部にタオルをあてた。両手をガーゼで拭きながら、森は、残念そうに頭を下げた。即座に回らなかった…広い額に汗がにじんでいた。二十分ほどだったろうか、彼が無理をせずに中止した、と塔子は安堵した。

気落ちしたまま森は、聴診器を耳にして心音を確認する。助産師が、腹の張りと胎児の動きに注意するよう神妙に説く。

ナースに支えられて、ゆっくりタクシーに乗る。

「運転手さん。すこし横にならしてね」座席に横座りすると、「お客さん。病院いきますか？」とバックミラーが反射した。「いいえ、まっすぐ市ヶ谷へ行ってください」気圧が変わったような奇妙な体感に捉われ、塔子は、疲労困憊《こんぱい》して車にゆられた。

「早かったわねえ」度のつよい眼鏡をあげて、定子は娘を一瞥した。泊まるのかとおもったと、また余計な独り言。ソファのかたわらに、歌舞伎座の豪華弁当の空箱がむすんである。黙って擦り足をして、塔子は寝室のドアを閉めた。スリッパは、つんのめるので履かない。

ベッドに坐って、デジタル血圧計をはかる。さいわい、血圧も脈拍も正常だ。マーちゃん疲れたでしょ…舞に声がけする気力も萎え、そのまま布団に埋まるように伏した。

早朝、ひどく寝覚めがわるい。

腹部がじくじく、うずうず疼《うず》く。鈍痛は、昨日の揉み療治からくる筋肉痛だ。腹の張りも胎動も平常である。舞は、独りローリングを楽しんでいるようだ。腹をなでると、上腹部に頭がふれた。森は精一杯尽くしてくれたが、やはり回っていなかった。舞には上も下も分らないから、さぞかし恐かったろう。可哀想な目に遭わせたと、思いだして塔子は涙ぐんでいた。

起きかけると、「あッ痛う」、右足がこむら返りに痛撃された。ふくら脛《はぎ》をもみながら、踏んだり蹴ったりと泣きべそをかいた。うしろから定子が、体温計をさしだした。「ひどいいびきかいてたよ」教諭時代から彼女は、バッグに体温計、葛根湯とワカモトの錠剤、オロナインの軟膏を忍ばせていた。「いやしくも、あなたは医者なんだから、体調管理はキチンとなさいよ」説教はともかく、いやしくも、という枕詞《まくらことば》が勘にさわる。

体温も、正常だった。ようやく塔子は足を引きずって、冷蔵庫にたどりつく。きのう夕食を抜いたので、舞は催促しないが塔子は空き腹だった。

さすがに定子は、外回転術が不首尾に終わったことには触れない。歌舞伎のパンフレットをめくりながら、「東京はイヤだねえ、鳥が多くて」とぼやく。ゴミ出しにいって、鳥に威嚇されたらしい。塔子は甲府生まれ甲府育ちだが、定子は富士登山口の富士吉田に生まれ、富士山麓と厳冬に暮らした。だから、鳥など屁《へ》ともおもわぬのに、恩着せがましい言い回しだ。

九

「ミカ。ダメだったよ、きのう行ったんだけど」携帯の荒い音がうろたえて、「トーコ。ごめんね、ごめんね」と急きこんだ。胎児が大きくなりすぎたか、羊水が減ったか、その両方か、塔子は淡々と分析した。「へその緒が短かすぎて回らなかったのかも…無理しないで途中で止めたみたい。いい先生だったよ」

不意に有難涙がでてきて、塔子の声がくぐもった。「ミカ…やっぱりカイザーかねえ」

帝王切開というと大仰だが、腹部の開腹手術の一種である。臍下を縦に切開して、子宮筋をひらいて、胎児を娩出する。手術痕が目立たぬように、陰部の上を横に切開するほうが多い。皇帝シーザーが同手術で産まれたというのは誤説らしいが、邦訳はドイツ語のKaiserschnitt を語源とする。略してカイザーとよぶ。

ふつう帝切手術では、脊髄くも膜下に局所麻酔薬を注入して下半身を麻酔する。腰椎麻酔ともいわれる半身麻酔なので、妊婦は、一時間ほどの手術を始めから終わりまで見聞きする。その光景が浮かぶと、医者ながら塔子は鳥肌がたつ。腹を裂いて胎児を取りだす――それは分娩ではなく、娩出ではないか！。

桜井の携帯を切ってから、塔子は、指先で目尻の涙をはじいた。あの吉岡に、逆子のまま自然分娩させてほしい、とは頼めない。彼に限らず産婦人科医ならば、逆子によるリスクを回避できるカイザーを選択する。無理非理を強弁すれば、同業者に恥をさらすだけだ。

「帝王切開、そんなに嫌なの？」

娘の涙を見兼ねたらしく、定子は、昨日の問いをぞんざいに繰りかえした。「いまは、帝王切開なんて当り前じゃあないの」その一言は、鬱積した塔子の心底を逆撫でした。

「母さん。覚えてる？　わたしが幼稚園のときよ。一緒にお風呂に入って…覚えてる？」

塔子は、両目を釣りあげて母親に迫った。幾度も首をかしげる定子。塔子は、「覚えてないのね」と唇を噛んだ。娘の剣幕にたじろいで、定子は黙りこむ。

湯船につかって、塔子は、セルロイドの家鴨《あひる》を浮かべていた。湯上がりの母の背に、無邪気に問いかけた。「お母さん。トーコは、どこから生まれたの？」

すると、操り人形のように振りむいて、母親は、剥きだしの白い腹を指した。醜いケロイド傷が、臍下から縦一文字に残っていた。「トーコは、ここから生まれてきたんだよ」

両手に家鴨を握ったまま、塔子は、凍りついて母の腹部を見あげていた。彼女は誰とはなく、赤ちゃんはお母さんのお腹から生まれる、と教えられた。けれども、あの真白いお腹から出てくるとは、子供心に不思議でならなかった。いきなり母親が、腹を無惨に切り裂く、という証拠をさらけだした。その衝撃は、幼な心に消えない焼き印をおした。のちのち物心つくまで、塔子は、母親は自分のせいでお腹を切った、と子供心を痛める。

中学生のとき、赤ん坊は子宮から膣を通って産まれると知る。医学部に入ってから、経膣分娩つまり膣という産道を通って出産するのが、自然分娩であり通常分娩であると学ぶ。あの母親の腹部に残る傷痕が、世にいう帝王切開の跡と知る。潔癖な塔子は、わたしは産道からではなく腹中から生まれた、と嫌悪した。

当時、作家の三島由紀夫が乳歯の抜けはじめた頃、「ボクは産まれた時のこと覚えてるよ」と騙《かた》り顰蹙《ひんしゅく》を買った、と読んだ。彼は、顔をしかめる大人たちの狼狽を面白がったという。塔子は、膣からの出産を明察した三島らしい諧謔味《かいぎゃくみ》に、乾いた笑いをもらした。

その後は、定子の不可解な指さしは、たまに思いだす程度だった。ところが、舞の逆子を知ったとき、あの忌わしい記憶が悪夢のようによみがえった。そのトラウマは、日を追うごとに強迫観念となった。

「そんなこと私、言ったかい?」平気で惚けると、定子は、娘の傷心をしりぞけて取り合わない。彼女の強がりに臆せず、塔子は、心中の一念を吐き捨てた。

「わたしは、お産がしたいのよ！ 帝切なんて、お産じゃないわ」

出てくる所が違うだけで、子が生まれることに違いはない—医者らしくない暴言だった…。

一呼吸して定子は、本気とも皮肉ともつかない言い方をした。「それじゃあ、なんとしても逆子を直さないとね」なんとしても…いつも、この物言いで巧みにはぐらかされる。そのまま寝室に閉じこもって、塔子は、激した心を鎮めようとつとめた。怒りが高ぶると舞に障る。

もう33週目だから、たしかに瀬戸際に立たされている。日に日に、回転の可能性が失われていく。あとは、鍼灸療治ぐらいしかない――東洋医学にすがるのは情けないが、残された最後の手段だった。

十

逆子の鍼灸療治は、とっくに調べ済みである。整胎術の一つで、灸や鍼により経穴（ツボ）を刺激して療治する。昭和二十五年頃、三陰交に灸をすると、逆子が自己回転して正常位になると、その有効性が認められた。それ以降、施灸による骨盤位矯正がひろまった。

三陰交の施灸は、足の内側のくるぶしより指三本上（およそ五センチ）に知熱灸を灸する。一方、足の小指の外側にある至陰穴に、透熱灸を施灸する法もある。おおむね三陰交の施灸が有効とされるが、流派によって経穴の組み合わせや手技が異なるという。それが彼女には不安で、施灸に踏みきれない。塔子に似合わず、ここに至ってもいじいじと気後れする。

深刻に悩んでいるのに、小さな生あくびがでる。舞が眠くて大あくびをしているのだろう。もう寝る時間だ。ゆったりとジュピターを聴くゆとりもない。マーちゃん、ごめんね。

「この治療院に行っといで」定子が、つっけんどんにメモを手わたした。「山口鍼灸治療院」とある…彼女も同じことを考えていたのか。近くの九段下にあるらしい。定子の教え子の鍼灸師にたずねたという。逆子矯正の名人と、その弟子だった同業者は太鼓判をおしたらしい。定子は、得意顔をかくさない。「山口先生に予約しといたからね」

「わたし、お灸は跡が残るからイヤなのよ」とっさに、塔子は言い逃れた。「いまはモグサの跡なんか残らないよ。あなた、せんねん灸しらないの？」台座のモグサとシートを組みあわせた、焼け痕の残らない今風の灸である。業腹なので、「…知らないよ」と塔子は惚けた。呆れかえって、定子の口から余計な一言がでる。「医者のくせに、そんなことも知らないのかい」

相変わらず、その行動力は半端でないが、定子の気ままな独り善がりは御《ぎょ》しようがない。とうに彼女は、塔子の迷いを見透かしている。「すぐに回るってさ。ぐずぐずするんじゃないよ」そう言い捨てて、定子は鼻歌まじりに買物にでた。ゴミ出しにも身奇麗にする、お体裁は今も変わらない。

　一人になると、塔子は、メモを握ったまま迷走した。とりあえずネットをみるが、治療院のホームページはでていない。今どき、HPもださない鍼灸院…名人という推称が、いかがわしい。だが…さすがに森の手技は優れていて、もう筋肉痛は消えている。三鷹ははるか遠くなり、いまは九段下が否応なく迫りくる。

　整胎術は、ツボを刺激して血行を良くして、腹腔内の緊張をやわらげる。それによって、胎盤の血流を亢進し胎動をうながすという。鍼灸療治の経験はないし、長いゆるやかな緩解療治としか考えは及ばない。だから塔子には、早々に根治するとは半信半疑であった。骨盤位矯正は難易度が高いと想像はつくが、ほんとうに、その場で回転するならありがたい。塔子は、心ならずも〝名人〟にすがりたい。別の鍼灸院に当てはないし、まして名人は探しようがない。口惜しいが、定子の敷いたレールに乗るほかない。

　拗《す》ねたように舞が、幾度も下腹を蹴っている。母親が現れてから、娘とのお喋りがめっきり減った。この半年、話し相手は舞だけ、ひるがえれば独りぼっちの妊娠生活だった。

十一

距離は近いが、歩くには遠い。

殺伐たる首都高速がまたぐ日本橋川に架かる橋、俎橋《まないたばし》をわたる。通りの向かいに、高いビルにはさまれて肩身の狭い古ぼけた低層ビルがある。あまりに古色な佇《たたず》まいに、思わず後戻りしたくなった。小さなエレベーターが最上階の五階にとまると、すぐ鼻の先に色褪せた扉があった。

扉の曇りガラスに、剥げかけて「山口象山鍼灸治療院」とあった。その大仰な胡散臭い院名に、塔子の足はすくんでいた。定子の言いなりになったと、迂闊《うかつ》をくやむが、遅い。ちょうど、彼女が勝手にアポイントした時刻である。

「……」

老いた白衣の鍼灸師が、物静かに室の一隅を指した。むかし懐かしい灸の残り香がする。

四角い室の三方の壁際に、こざっぱりした細長いベッドがならぶ。

うながされるままに、シューズをぬいで窓のある側のベッドに横たわる。患者は、塔子一人である。下半身にうすい毛布をひきよせ、塔子は、知らず知らずに身構えていた。受付も助手もいず、鍼灸師が患者の一切を仕切る。ベッドは開放的で隣接するので、猥せつのトラブルはないのだろう。

丸い背を曲げると山口は、長い眉毛をたらして見下ろした。枯れた風采からみて、七十歳をだいぶ過ぎている。「九ヶ月ですね」かすれた声で彼は、飄々と言いあてた。「はい。33週です」と見あげるが、目の前が靄《もや》ったようにほの暗い。たいそう無口らしいので、塔子は、かいつまんで主訴をのべる。「逆子なので、足首にお灸する骨盤位矯正をお願いしたいんです」

「あ、逆子でしたねえ」定子の電話を思いだしたのか、山口は相槌をうつが、あとが途切れてしまう。「先生。足首の三陰交のツボにお灸すると、逆子に効くそうですが…」

しばし静寂があって、彼はおだやかに息をついた。「ここは、妊婦さんには、灸は据えないんですよ」

「えッ」思わず塔子は、喉をつまらせて首をもたげた。素人に三陰交のツボなどと注文をつけられたので、気分を害したのか。どうやら、温灸は命宿る妊婦には禁じるという流派らしい。むろん、至陰の施灸もしない。まことに、アッサリと断わられて塔子は落胆した。

それでも、山口は、手首の脈をおさえて目を瞑る。静かに、彼女の気息がととのうのを待っているらしい。それから、足の毛布をめくると、片手で擦りながら軽く揉みはじめる。足のむくみ、熱《ほて》りや冷えを診ている…塔子は、彼の巧みな手技に誘われる。

そのあと、毛布をかけなおすが、まだ終わりではないらしい。その黙々とした所作は、口をさしはさむのも憚《はばか》る。毛布の端をめくって両足首をだすと、右足の小指をおもむろに抓《つ》まむ。ひどい外反母趾《がいはんぼし》なので、思わず塔子は足指をちぢめた。拇趾の凸部が、ハイヒールの皮に穴をあけるほどだ。彼は、鷲掴みにまがった足指を擦りさすり、とりわけ小指を優しく撫でまわす。とかく羞恥心のうすれる妊婦だが、塔子は、外反母趾だけには赤面する。どうやら、至陰のツボを探っている…。

つぎに、同じように左足の小指を抓まむ。

ひととおり触診すると、山口は、脇をむいたまま嗄《しわが》れた声をつまらせた。「鍼をやっておきますよ」塔子は一瞬、彼の地声とはいえない嗄れ声が気になった。喉頭癌ではないか、という疑いがよぎったのだ。インフォームド・コンセントはないが、灸を据えるのではなく至陰に鍼を打つらしい。とにかく、どちらでも良いから早く回転させてほしい。

「舞いますよ」

まう？…塔子は、老鍼灸師のいう意味が解《げ》しかねた。顔をあげて、腹越しに彼を見つめた。さすがに舌足らずと思ったらしく、山口は、素気なく繰りかえした。「逆子は、じきに舞いますよ」

一瞬、嗄れた音色が消えて、耳が遠く透けて空っぽになった。回るのではなく、舞うのか…舞姫を想い浮かばせる魅力ある表現。逆子が舞う、逆子が舞うと、塔子は取り止めもなく反復した。右足の小指の爪あたりに、ツンツンと鍼を打つ微かな感触をおぼえた。指の腹ではなく、爪の縁に打っている…。至陰のツボに刺したようだが、布袋腹《ほていばら》では足首はみえない。つぎは、左足の小指だ。

ザーと、目のまえに白いカーテンが閉まった。布に仕切られて、ベッドが心地よい個室になった。窓のそとに、山鳩のくぐもった鳴き声が跳ねる。そのまま睡魔にさそわれて眠りこんだ。

三十分ほど経ったろうか、静かにカーテンのあく気配がした。山口が小指に打った鍼を抜いている。両足が、芯からほかほか温かい。心なしか、下腹部の温覚が上昇している。両小指の先に一本ずつ、塔子は、それだけで効きめのある鍼を見直した。しかし、上腹部に両手をおきながら、すぐには回らないと少なからず失望していた。脱脂綿で小指を消毒したらしく、冷やっこい感触がして施鍼は終わった。

エレベーターが閉まると、治療院の明かりが消えた。もう患者はいないらしい。ビルをでると、早々と薄闇が迫った。山口の言う〝じきに〟とは、どのぐらいの時間を指すのか？

いやしくも、仙人の境にある鍼師に問う気分ではなかった。温みがやさしく下半身をつつみ、湯上がりのように心地好い。舞は、無心にローリングしている。

マーちゃん帰るよ。舞への声がけも忘れて、タクシーに手をあげる。

十二

「回ったかい?」

目を剥いて定子は、無遠慮に娘の腹部をみた。自ら予約しただけに、「すぐに回らなかったの?」と不満をかくさない。食卓の匂いに、塔子は吐き気をもよおす。鳥もつを照り煮した甲府料理—塔子の好物であった。久しぶりの鳥もつ煮だが、身重の胃腑をむかつかせる。

顔をそむけながら、塔子は、棘々しく言いかえした。「そんなに早く回らないわよ!」

定子も向きになって、あしざまに娘の傷口をえぐった。「回らないなら帝王切開、仕方ないね」

チェアに寄りかかったまま、塔子は、捨てゼリフを吐いていた。

「母さん。わたしは、娘にお腹の傷をみせたくないのよ!」

一瞬、定子の頬が白くなった。塔子は、カイザーの傷痕を残して、舞に同じ思いをさせたくなかった。だから、逆子矯正をもとめて、医者を転々とさ迷ってきたのだ。

「うッ」

そのとき、塔子はにぶい呻きをもらした。両手で腹をおさえて、棒立ちになる。驚いて、支えようとする定子の手を払った。「動かないで！」彼女にではなく、己れに叫んでいた。そのまま、金縛りにあったように立ちすくんだ。両手を張って、定子は昏倒を止めようとする。寸秒のうち、紅潮した塔子の顔面に脂汗が吹きだした。

「舞ったわ！」

眉を釣りあげて、彼女が奇声をあげた。前ぶれもなく、胎内の舞がしなやかにゆるやかに反りかえり、頭が上から下へ回転した。その舞うような優しい身ごなしは、腹壁をとおして波動となって鮮やかに伝ってきた。玉の汗が、額から頬へしたたった。「マーちゃんが、舞った！」

舞った？と、定子が不審げに眉をよせた。母体は立ったままで、見事に舞った。「マーちゃんエライ！　エライよ！」歓喜して上腹にふれると、固い頭の感触がない。上腹部の圧迫感が嘘のように消え、反対に下腹部が重くふくらんでいた。臍帯がからまることなく頭が骨盤に下りて、重苦しい圧迫感が下へ移っていた。塔子は、もう元へ戻ることはないと確信した。舞へのいとおしさが込みあげて、「マーちゃん。ありがとう、ありがとう」と感極まった。ママは、あなたのお陰でお腹を切らなくて済むのよ。

ソファに座ろうとするが、両足の付け根が突っ張って歩きにくい。あえぎながら搭子は、両手で腹帯をきつめに締めなおす。手をそえながら定子は、「ほんとうに、直ったんだね」と絶え入るようにつぶやいた。さすがの彼女も、あまりに劇的な回転を目の当たりにして肝をつぶしていた。爪先に鍼二本を打っただけ、一時間足らずで舞った―あの鍼師は、噂に違《たが》わず逆子舞いの名人だ。

十三

「ホラ奥さん。逆子なおってる。だから、心配ないと言ったでしょ」

画面をみながら吉岡は、ひとり悦に入っている。逆子が直らなければ、カイザー手術の説明をする予定だったと、余計な一言を付け足した。

予定の検診日より早いが、塔子は、正常に回転したかを確かめたかった。舞は、異常もなく舞った…黙って塔子はうなずいていた。施鍼のことは、言えないし言う必要もない。主治医への後ろめたさはあるものの、一方では、医者の浅薄を笑っていた。往々にして医者は、患者から背を向けられるのに気づかない。それだけ患者は切実なのだと、医師塔子は自省する。

吉岡は、例の調子で放言して憚らない。「ますます別嬪さんになってきた…奥さん。楽しみだなあ」さすがに腹に据えかねて、塔子は一矢をむくいた。「先生。それって、セクハラじゃありません?」あわてて彼は、「冗談、冗談」とはぐらかした。

「とにかく、良かったです」と、吉岡は話をそらす。「ギリギリで回転しましたねえ。これ以上大きくなったら無理でしたよ」そう言ってから、ハタと磊落《らいらく》な表情が止まった。32週での切羽つまった自然回転…。「ギリギリでしたねえ」と繰りかえしながら、その目には一抹の疑念が浮かんでいた。空惚けて塔子は、「そうですか、良かったわあ」と嬉し声をあげてみせた。内心、きわどいところで、カイザーを回避した自分が誇らしかった。

もう九ヶ月、娘は、いよいよ産まれる態勢に入っている。昨日から腹は、下方に大きく垂れ下がり下腹部が圧迫される。頭が骨盤に下りると、動きは大人しくなる。頭蓋骨はまだ固まっていないが、頭囲は十センチほどになる。いつ出産してもおかしくない。

意気揚々と病院の玄関をでると、塔子は、勢いよく日傘をひらいた。

「マーちゃん。暑いねえ」と、晴れやかに呼びかける。ママは、あなたを自然分娩で出産するのよ。

その足で九段下へいく。

早く山口鍼灸師に知らせて、礼を言いたい―あなたは逆子舞いの名人です、と。日盛りの俎橋でタクシーを下りた。足元がおぼつかないうえに、両股の付け根が突っ張るので歩きにくい。「マーちゃん。分かる？　ハリの先生のとこよ」と、自らを励ます。汗をふきながら、蒸し暑いエレベーターをあがる。

ドアがあくと、廊下は薄暗い。五階に人なく、妙にシンと沈んでいる。治療院には、電灯がついていない。休院日?、一瞬、無駄骨だったかと気落ちする。それでも、おといい開けた扉に手をかけた。

目の前の曇りガラスに、A４判の白い紙が貼ってある。吸いよせられて見ると、ただ一行、墨跡あざやかに短い通告があった。

『このたび、閉院致しました』

あとは、昨日の日付と院名だけだった。唐突に、頭上が抜けたようにポカンと立ちすくむ。

しばらくして、耳奥遠くに嗄れ声が聞こえてきた。喉頭癌を疑った山口の寡黙な言葉数…。通告の日付は昨日なので、塔子は、自分が治療院の最後の患者だったと知る。かさねて、あの逆子舞いの名人は何者だったのか、幽静な老翁との巡り合わせがよぎる。まさに、絶妙な手技で逆子を舞わせて、予告もなく閉院の一葉をのこして幻のように去った。

その一場の摩訶《まか》不思議…。両手で下腹をかかえたまま、塔子は、無人の扉にむけてひと声、吼《ほ》えた。

「舞が舞ったわ!」

紅毛の解体新書

一

追って昼下がり、神田豊島町の平賀源内から書状が届いた。神田の隣りの日本橋馬喰町なのに、いつも顔なじみの稚児のような弟子が小走ってくる。

頭頂に髻《もとどり》をむすび、ジュゴンさながらに出っぱった額が目鼻をつぶして、だらりと福耳をたらした魁偉《かいい》な顰面《しかめづら》が網膜に浮かぶ。空耳なのに、ガマ口のような唇からほとばしる甲高い早口が鳴りひびく。蘭画の師なのだが、その異相がよぎると畏縮してしまう。

どうにも気が重くて、封を切らずに床の間の角に遠ざける。用向きは、無理無体な督促と分かっていた。居間の床の間には、築地鉄砲洲の杉田玄白の書状が十数通、乱雑に積みかさねてある。こちらは、三日を置かぬ矢の催促だ。とにかく、床の間をみるのも鬱陶しい、厭《いとわ》しい。

夕暮れて、さすがに師への無礼に気が咎めて、不承不承に封をひらく。折りたたんだ巻紙に、癖のある筆太の墨跡が躍っていた。解体の書の跋《ばつ》を送るから善きに計らえ、という唐突な指図だ。うろたえて、はさまれた別紙を落としかけた。解体の書のあとがき…もとより玄白から依頼はないし、もとより源内が書くべき文でもない。

跋文は、漢文数行に書きなぐっていた。

「我が友である杉田玄白の訳した解体新書が完成した。私が図の模写をした。この紅毛の画が的を得ているかどうか。私のような才知のない者が、本来このような企てに加わるものではない。そうは言っても、模写を画かないと、怨みは朋友に及んでしまう。嗚呼《ああ》、怨みを同胞に買うよりは、むしろ汚名を千載に流した方がよい。四方の君子たちよ。どうか、このことを思いやって許されよ。　東羽秋田藩　小田野直武」

別紙をにぎったまま、彼、小田野直武は呆然としていた。師には悪気も下心もないと知るが、あまりに一方的で独り善がりな強要だ…。

二

小田野直武は、寛延二年（一七四九）十二月十一日、秋田藩角館に生まれる。幼少より絵筆にいそしみ、十歳で秋田藩に出仕し、かたわら藩絵師の武田円碩に師事して狩野派を学ぶ。十八歳にして、のちに代表作とされる肉筆浮世絵「花下美人画」を画く。

当時、江戸では讃岐《さぬき》高松藩出の平賀源内が、万能の才人と持て囃《はや》されていた。本草家（薬学者）を本業としたが、儒学、博物、地質、蘭学、医業、殖産、戯作、浄瑠璃、俳諧、蘭画など、その多才異能は万象におよぶ。ともかく、途方もないスケールの破天荒な奇才であった。

安永二年（一七七三）十月、秋田藩の藩主佐竹義敦（曙山）は、藩財政の立て直しに源内を招聘する。乞われて阿仁銅山の採掘を検分し、その帰途、源内は角館に立ちよる。たまたま、宿所にかざられた屏風絵を目にする。彼は、その絵師の天賦の才を見ぬく。

そこで源内は、若い絵師に上からみた大小の鏡餅を画かせる。画風定まらない直武は、その即物的な立体感が描けない。代わって描いた源内の、陰影と遠近を駆使した写実法に驚嘆する。たった一日の手ほどきであったが、二十五歳の彼は一朝にして源内に心酔する。

翌月二十日に青天の霹靂《へきれき》、直武は、銅山方産物吟味役として江戸詰の藩命をうける。その彼は〝源内手〟、藩士でもない平賀源内直属という異例の役向きであった。実に、源内が雅趣を好む藩主曙山に、己れの蘭画修業を進言したと知る。角館に舞いおりた天狗が、いともたやすく小羊を江戸へさらった…。

妻子を残して十二月十六日には江戸入りし、あわただしく日本橋馬喰町に居をおく。下谷三味線堀の藩邸上屋敷に出仕したあと、取るものも取りあえず神田豊島町の源内宅に駆けつける。

すると、見目好い色白の弟子が応対にでた。声変わりする年頃で、源内のお気に入りらしい。女嫌いで妻帯せず、歌舞伎役者を贔屓《ひいき》にしている…そんな風評が角館にも流れてきていた。角館ではそんな素振りはなかったが、今さら衆道《しゅどう》（男色）というおぞましい噂は真《まこと》だったのだ、と芯が萎える。江戸では、歌舞伎の若衆が陰間《かげま》と称して男色を売ると聞く。

直武は、手狭な玄関先に突ったたつ。

「おー、来たか」とひと声吠えて、源内は忙しく雪駄《せった》を突っかけた。なりふり構わず、寒風の師走を一目散に走りだす。おどおどしながら直武は中肉中背、大柄な師の背を追った。いきなり何処へ連れていくのか?、気後れして行先も問えない。とにかく、源内のまえでは蛇に睨まれた蛙だった。

四半時（三十分）足らずの道のりだった。のちに知るが、着いた所は築地鉄砲洲である。

「おーィ、たすくどの！　絵師を連れてきたぞォ」

傍若無人、破《わ》れ鐘のような疾呼《しっこ》…廊下を踏みならして、玄関口に家人が小顔をだした。たすく殿とよばれたのは、総髪の四十前後の小柄な男だった。「源内どの」と透きとおった声をあげ、彼は、不躾な来客の袂をとる。喜色満面、下にも置かない丁重さで奥へとおす。あれよあれよと、直武は唯々《ただ》源内のあとに付きしたがう。

案内されるままに、奥の離れの敷居を踏みかけて、ギクッと足袋《たび》の足をひっこめた。襖《ふすま》をはらった十二畳間に、大小五、六冊の華やかな蘭書がきちんと並べてあった。和綴じの和書とは違う、厳丈な装丁をした迫力ある洋書だった。当時、長崎出島のピンホールに舶来した紅毛（オランダ）や南蛮（ポルトガルやイスパニア）の〝蛮書〟である。

洋書の列を大胆にまたぎながら、源内は、「秋田藩の小田野直武君、名は武助」とあごをしゃくった。「彼が、君の解体の図を画く」

振りむくと要を得て、「若狭小浜藩の侍医杉田玄白君、字《あざな》は翼《たすく》。蘭方医じゃ」と引き合わせる。

分厚い鰐口《わにぐち》から唾を飛ばして源内は、惘然とする直武に用件を告げる。玄白らの医者グループが、オランダ語の解体書ターヘルアナトミィを漢文に翻訳した。その解体書の解体図を模写せよ—巻き舌が、一方的に早口で捲したてる。道すがら、前もって耳打ちする気配りもない。何に事も、ぶっつけ本番だ。

単刀直入に言いおえると、源内は、二人を残してバタバタと去った。あとは、ふたりで段取りを話しあえというのだ。彼の奇矯に苦笑いもせず、玄白は見送りもしない。彼らが肝胆相照らす仲と知る。

実は、洋風の絵師を捜しあぐねて、玄白は、蘭画につうじた源内に幾重にも懇望していた。その鶴首した絵師が見つかったのだ。源内が仲立ちした人物なら、信用できる。

「小田野どの」立ちすくむ直武を手招いて、如才なく彼を上座に坐らせた。置き去りにされて直武は、腰を浮かせたまま逃げ腰である。解体図ってなんだ?、ターヘル…ってなんだ?。そんないかがわしい絵は、画けない。

下座に坐った玄白は、目元の涼やかな華奢《きゃしゃ》な秀才タイプだ。直武のもっとも苦手とする人種だ。生来、人見知りする彼の白目が泳ぐ。

玄白の目配りは怠りない。色白で面長の田舎武士を品定めし、とうに温和で朴訥で優柔と見透かしていた。与《くみ》しやすいと踏んで、彼は、ずばりこの依頼仕事の画料を告げた。金で釣るあざとさはなかったが、下級武士には目が回る額だった。直武には上座は、よけい居心地の悪い坐り所となった。

はしたなく話の腰を折って、直武は、訥々《とつとつ》と断りの申し訳を述べはじめる。洋画法は、角館で源内様から一日だけ教えをうけたに過ぎない。だから、蘭画を描く力量も自信もない。ましてや、腑分けした臓腑の図など手に負えない、と。

やんわりと受け流して玄白は、畳から一冊の洋書を取りあげた。頁には、白い紙縒《こよ》りが花盛りにはさんである。模写する図のある頁らしい。おもむろに彼は、直武に堅牢なカバーを愛《いと》しげに示した。判型は八折り判（19×12㎝大）、本文二五〇ページで、分厚い図譜二十五ページを巻末に折り込む。

玄白は、オランダの人ヨハン・アタン・キュルムスの著した「ターヘル・アナトミィ」

と説く。アナトミィは解体、ターヘルは図譜と訳し、「解体図譜」と題する。実際には、ドイツ人のJ・A・クルムスの独語原著をオランダ語訳した蘭訳版なのだが、玄白はその原本の存在を知らない。

解体図譜…聞き慣れない言葉を反復しつつ萎縮する直武。かまわず玄白は、無造作に折り込み紙の一枚を延ばした。ギョッとして、直武は目を背けた。頭から足爪まで骸骨が、妖怪のように躍っていた。初めて目にした西洋骨格図―その人体の内景という異形に仰天した。

ためらわずに玄白は、次、次と折り込みをめくっていく。用捨なく頭皮をはがれた剥きだしの頭部―垂れさがった頭皮の間に、両目を閉じた鷲鼻と太髭の〝バタくさい〟面相が映じた。奇々怪々な紅毛の図絵に吐気をもよおし、直武は、両膝をよじって後退りしていた。花鳥風月を写す彼には、とうてい解体図は美術画とは思えない。

一方の玄白は、藩絵師の驚きも嫌悪も織り込みずみだ。初手から、包み隠さず有り体に頼み事を吐露する。明晰な声音が、いかに図譜が大切かを切々と説く。この解体書は、図譜が付かなければ意味をなさないと。事実、上梓された訳書の凡例には、本文と図譜を照らし合わせて読むことを力説した。「解体の書、もっとも図譜を燭《てら》して読むことを重んず」

三

千住小塚原にて腑分を検分した帰途、玄白は、にわかに蘭方の解体書の翻訳を発意する。その大義に奮いたって翻訳グループをあつめ、一番槍の功名心に駆られて三年半、翻訳作業を急ぎに急いだ。

盟友の中津藩侍医前野良沢は、幾度となく彼の性急と野心を諫めた。両者の確執は止まず、ついに前野は訳書に名を連ねることを拒む。

すでに、訳書の本文の訳出は終えて、草稿は版木の彫りに回っていた。本文は四巻にわけて版刻し、折り込みの図譜は序図として一巻にまとめる段取りだった。玄白は、漢語に慣れた数人の彫師を火急に急かせた。

ところが差し迫っても、肝心の図を画く絵師が見つからなかった。直武には平気を装うが、玄白は切羽つまっていたのだ。だから、目の前の新前絵師を逃すわけにはいかなかった。

ひらいた折り込みの束を揺らして、玄白は、直武ににじりより膝詰め談判におよぶ。この仕事は医業を拓く大業であると説き、必らずや絵師は盛名を馳せると誘う。けれども元々、直武には大望はないし分相応の立身しかない。いくら図譜の値打ちを説かれても、上の空だ。この厄介な注文をいかに断るか、ひたすら考えあぐむ。

丸火鉢に手をかざす寒い部屋…。じわじわと、粘りづよい説得がつづく。並べた洋書の一冊を指して、玄白は、コペンハーゲンのトンミュスの解体書と説明する。彼は有り体に次の一冊を解くのだが、直武にはちんぷんかんぷんである。

どの書にも、数本の紙縒りが挿してある。どうやら模写する図は、「解体図譜」のものだけではないらしい。紙縒りの本数からして、模写図の総数は半端でない。実際、上梓した序図の図譜二〇丁（裏表二頁で一丁）には、大小多種の一五〇図が収められた。絵師なら誰でも、尋常ならざる注文数に恐れをなしてしまう。

それをありのまま率直に示す玄白―その直情に気圧《けお》されて、直武は萎えたまま黙りこむ。のちに知るが、キュルムス解体書は、玄白が小塚原に所持したが、たまさか良沢も所蔵していた。他に模写した書物として凡例には、幕府官医の桂川甫三蔵のトンミュス解体書、ブランカール解体書、玄白蔵のカスパル解体書、コイテル解体書、良沢蔵のアンブル外科書解体篇の五冊が挙げられた。

一時《いっとき》（二時間）のち、断りきれぬまま直武はそそくさと玄白宅を辞した。説き伏せられず玄白は、ひとまず矛《ほこ》をおさめる。真冬なのに、ふたりとも額に脂汗をにじませていた。

のちに、この屋敷は中津藩の中屋敷の前野良沢の住まいと知る。

翌日昼過ぎ、息せききって源内の弟子が、手荒く直武の足元に書状を放った。驚いて半紙をひらいて、眼が暗んだ。

「このたびの推挙、不承とあれば致し方ない。されば、我が弟子を望む汝の願いは取り下げるべし。」

指図に従わねば弟子にしない…まことに、源内らしいドライな容赦ない言い渡しだ。早々に玄白から不首尾を注進されて、面目を失った師は烈火のごとく怒ったのだろう。精一杯突っぱっていた意地が、直武の背筋を真砂のように崩れさった。弟子入りを拒絶されれば、源内手は解かれて御役御免は免れられない。今さら、とうてい逆らえる相手ではないと思い知る。

書状を懐に押しこむと、直武は悄然と袴をはく。あの奇人の激昂の収め様は分らないが、とにかく平身低頭して許しを乞うほかない。どうにも袴紐の指がふるえて、結べない。

そのとき、廊下を蹴たてて「直武くーん」と、源内が禿鷹のように飛びこんできた。師の出し抜けの来訪―のけ反って直武は、喉笛を鳴らして古畳に平伏していた。

膝を正すと源内は、「驚かして悪かったね」と、冷えた掌で直武の両手を包んだ。あの甲声が、気色わるい猫撫で声に裏返っていた。「其処許《そこもと》は、わが弟子だ」彼の手の甲をねんごろに撫でながら、二度、三度くりかえす。今し方の険しい縁切り状と、追いかけて本人直々の恬《てん》とした許し。その威しと宥めの落差は、尋常でない。

度を失って直武は、思わず両手を引いて忌避した。逃げ腰を浮かせると、右の肩先に荒い息遣いが迫った。彼の横鬢《よこびん》から耳元に分厚い唇が寄って、熱い息が「たすくを頼む」と囁いた。それからガマ口から熱い犬舌を垂らして、おもむろに彼の白い耳朶《みみたぶ》から耳介をベロリと一舐め嘗《な》めあげた。

度胆をぬく好色な手練手管―かさねて一舐め二舐めされ、直武の耳から首筋へゾーと鳥肌が粟だち、腰が抜けてヘナヘナと畳に崩れおちた。

四

耳ベロリというきつい仕置の翌日から、直武は、吟味役を放って鉄砲洲に通いつめる。鉄砲洲はグループが集まりやすい場所で、中屋敷の離れは使いやすい仕事場だった。

朝から夕まで連日、穂の細い面相筆をふるって、銅板印刷された解体図を一葉一葉丹念に模写した。もはや、洋風写実を嫌忌する余裕もなかった。玄白が付きっきりで要点を教え細部を説く。直武は、単純化した形体に陰影を施して、立体感の描出に没頭する。敷きつめた油紙には墨汁が飛びちり、部屋中に墨の臭いがふんぷんと立ちこめる。

鉄砲洲に明け暮れて半年、陰暦六月の初め、玄白の図を指す手が止まった。キュルムス解体書と、付けくわえた五冊の頁が閉じられていた。彼の頬は蒼白くこけ、凛とした眼光が潤んでいた。

じとじとと降りやまぬ梅雨《つゆ》に、傘《からかさ》をさして直武は、擦りへった草履を引きずる。掃除を放念した居間の処々に、うっすらと青かびが浮いていた。当節、物みな黴びるので黴雨《ばいう》ともいう。疲労困憊《こんぱい》、精も根も尽きはてて、彼は湿った畳に倒れ伏した。

三日後、長雨が明けて陽射しが眩しい。黴をふいた重たい畳をあげて、二畳を斜かいに支えあわす。部屋から廊下へ屋形を四ヶ所立てると、さすがに息がとぎれた。怒涛のように過ぎた頼まれ仕事の疲れは、まだ癒えない。

ふと人気をおぼえて瞳をこらすと、薫風の抜ける三角トンネルの向うに小顔が笑っていた。一瞬、棒を呑んだように硬直する直武…何用あって、玄白どの?。模写はすべて済んだし、約束の謝金も頂戴した。

三角トンネルを四つんばいに這って、玄白はにこやかな顔をだした。黙って、小脇にかかえた舶来のビロード包みをとく。丁寧に一冊の蘭書を取りだすと、涼やかに模写の追加注文をした。

「直武くん。あと一枚頼み申す」

思わず直武は、苦々しく顔を背けた。玄白にとって宝典だったので、鉄砲洲の作業場から蘭書を持ち出したことはなかった。その禁を破った一冊は、キュルムス解剖書と同じ判型の、アントワープのヴァルベルダ解剖書であった。蘭書が馴染みになった直武も、初めて目にする書物である。

模写の初日、さすがに源内が白羽の矢をたてた絵師、と玄白は感嘆した。渋々だった直武は、たちまち洋風写実を会得して、この半年間、実直に辛抱づよく一五〇葉余りの解体図を画ききった。今や彼は、玄白が全幅の信頼をおく解体絵師であった。

洋綴じの堅表紙をひらくと、玄白は、扉ページを直武にかざした。露骨に尻をむけて、直武は、隣の三角トンネルに逃げこんだ。キュルムス解剖書の扉絵は、彼も幾度も目にした。遺体の左右に洋装の女人がたつ絵柄であったが、解剖図譜には似つかわしくない。実は玄白も、この扉絵が気に入らず心頭を悩ましてきた。はからずも数日前、ヴァルベルダ解体書を入手し、探し求めていた扉絵を見出したのだ。一目して、この西洋画に魅了された。有終の画龍点睛と雀躍した。

「直武くん。これが最後の一枚ゆえに…」立てかけた畳のかたわらを回って、玄白は、トンネルの反対口にでた彼の鼻先に扉絵を突きつけた。たじろぎながら直武は、その手を払いのけて斜かいのトンネルに這いずりこむ。

「頼み申す、なにとぞ頼み申す」と追ってくる声。この半年間、毎日聞かされた慇懃《いんぎん》だが、有無を言わせぬ語調に耳だこができた。もううんざりだ…二度と解体図は画きたくない…御免をこうむる！

「平に、平に、お願い申す」トンネル内をのぞいて玄白は、うずくまる直武の尻に頼みこむ。彼は部屋中を逃げまどい、犬潜りのように別のトンネル内に身を隠す。ふたりとも剽軽《ひょうきん》ではないから、本気で珍妙な鬼ごっこに行ずる。

さすがに玄白が痺れを切らして、直武のもぐった畳の斜面を思いきり蹴りあげた。支えあった畳の片方がずれ落ち、もう一方が重なって音をたてて一挙に崩れおちた。あッと玄白が声をあげ、畳の下からひしゃげた呻きがもれた。辺り一面に、にごった塵埃がもうもうと舞い散った。

そのあと、倒れた畳に坐って玄白が見せた解体書には、一葉だけ大きな栞《しおり》がはさんであった。直武が表紙をあけると、その扉ページに異人画の扉絵があった。

絵には、コリントス風の神殿の壁に蟹《かに》文字（ローマ字）のタイトルを刻み、その両サイドの台座に裸身の西洋男女が向かいあって立つ。解体図とちがう、その肉感的な姿態と艶やかなポーズに息を呑んだ。むろん、男女が旧約聖書に謳うエデンの園のアダムとエバとは、直武は知る由もない。だが、彼が異人画の美術性に瞠目したのは、一瞬であった。憤然とページを閉じて、そのまま玄白の膝に突っ返した。

実に、全裸の彼らは陰茎と陰部を露出していた。その穢らわしい異端に仰天し、直武は嫌悪と羞恥に身を震わせた。自宅でなければ、畳を蹴たてて退席していただろう。恥部を隠さぬ猥褻《わいせつ》は、彼の尊ぶ人倫の道に反した。平然と、その理不尽を強要する玄白に痛憤した。乞われても、とうてい応じられることではない。

一方、玄白はリアルな肉体美に抵抗はなかったが、直武が驚くのは理解できた。とはいえ、江戸の府内では、浮世絵の春画が東土産《あずまみやげ》と称して、諸侯の国表の土産物に珍重された。絵師であれば、その大仰な淫蕩の秘戯画は瞥見しているはずだ。だから彼は、直武が裸像に憤慨したとは察しない。

とにかく、作業は九分九厘まで漕ぎつけ、あと一息なのだ。玄白が一目惚れした華麗な重厚な西洋画―それは、新書の図譜へ誘《いざな》う極上の扉絵となる。なんとしても直武に、もう一肌脱いでもらわねばならない。玄白は、解体図譜の有終の美を飾ってくれ、と懇願する。

ところが、あの温和な直武が頑なに拒むばかりで、取りつく島もない。さすがの玄白も、石頭と化した彼の説得に根が尽きた。ヴァルベルダ解体書を包みなおすと、勝手かまわず床の間に置いて辞去した。また源内頼みかと念ったが、もう直武とは、そんな水臭い仲ではない…。

五

ふと我にかえると、夕暮れて、座したまま跋文を握りしめていた。ゆるゆると行灯《あんどん》に火をともし、直武は、ゆらめく淡い明かりをみつめる。

跋文には、「解体図譜」ではなく、書題は『解体新書』とある。改題については、玄白から知らされていなかった。図に没入していて失念したのだろう、と彼を思いやる。図譜より新書のほうが、本書の斬新な気概を示すと同感する。

そのことより直武が困惑したのは、玄白を〝我が友〟という書き出しである。

この年、直武二十五歳、玄白は四十二の年長であった。当初の玄白にたいする反感は、旬日にして畏敬の念に変わった。彼の英知と行動力が、未知の難業を牽引《けんいん》していると知る。その玄白を朋友呼ばわりするなど、畏れ多い。

といって、素より源内の渾身《こんしん》の代筆に朱を入れる勇気はない。書き出しを除けば、跋は簡にして要を得て、忸怩《じくじ》たる直武の心情を活写した達文である。源内の目線なので高飛車で高慢な筆致だが、その遠慮ない切り口に直武の胸の閊《つか》えが下りた。元は源内の無理強いとはいえ、今では師の炯眼《けいがん》に畏れ入るばかりだ。

元々、玄白の不快より源内の癇癪《かんしゃく》のほうが数段も恐ろしい。あの舌ベロリ以来、源内は妖しい気振りをみせない。幸い、好みのタイプではないのだろうと複雑な気分だ。しかし逆らえば、あの仕置きに見舞われると直武の怯えは消えない。だから初手から、跋文は一字一句そのまま拝領すると極めていた。用命もされないのだから、源内の代書と申し開きをすれば、玄白は否応なく了承するだろう。

この一時《いっとき》（二時間）、行きつ戻りつ悩みぬいたのは、紅毛の扉絵の模写である。跋文が、源内のきつい督促であると分かっていた。扉絵を画かなければ、最終の跋文は渡せないからだ…。だから、迷い惑うことではなく、天から結論は定まっている。それだけに直武は、己れの優柔不断が情けなくて、うじうじと滅入るばかりだ。

眦《まなじり》を決して翌朝、彼は、玄白がしかと置いた床の間の解体書を取りあげた。文机に扉ページをひろげて、細長い鉄製の文鎮をおく。墨汁が撥ねないように文机からはなして、半紙を敷く。杉原紙《すぎはらかみ》の手漉き半紙で、横長だが和綴じ本に合わせて二つ折りにしてある。

図譜の版型は、上下六・三寸（約二十一㎝）、左右四・四寸（約十五㎝）の枠で囲んだ定型である。ヴァルベルダ解体書の扉絵は、それより縦一寸強、横一寸弱ほど大きい。けれど、絵の方寸の違いは直武の気に障らない。

神殿の中央の壁面にあるオランダ語のタイトルは、彼には読めない。神殿の上段の横柱には王冠を冠した西洋貴族の紋章、下段には貴婦人の顔を浮かせた飾りの碑銘。その下には、曝《さ》れ頭《こうべ》の髑髏《どくろ》にまといつく数匹の蛇―西洋では、蛇は医薬のシンボルと貴ばれた。この扉絵は、解体図ではないから玄白の助言はいらない。

大きな硯石に墨をすりながら、舐めるように絵面を這う目が据わり、異人画の世界にのめり込んでいく。構図は均整がとれて、造形も込みいっていないので写しやすい。ただし、嫌忌の念は拭いさったものの、これまでの解体図にはない色欲を誘う姿態には、どうにも馴染まない。画は西洋の銅板刷りと知るが、原図の洋筆の柔らかい曲線は慮外であった。その肉感的な筆遣いは、墨汁をひたした墨筆では描ききれない。

それでも、絵師の負けじ魂が武者ぶるいして、直武は、汗ばむ筒袖をたくしあげた。文机の原画と畳の半紙を交互に睨《ね》め、一気に下絵の素描に挑む。

だが、彼の印象に適わず、裸体の線描に難儀する。半紙に重ね画きして試行錯誤するが、筆先は儘ならず己れの甘さに臍《ほぞ》をかむ。「畜生！」と見知らぬ西洋絵師を罵り、直武らしからぬ歯噛みを繰りかえす。唇から血汐が滴りおちて、半紙に赤い花びらを滲ませた。

六

四日後の早暁、伸びた髭を剃り、汗まみれの身体に井戸水を浴びる。ヴァルベルダ解体書を丁寧に包み、画きあげた扉絵を入れた画帖をかかえた。

通いなれた道のりだが、ずっと遠い日々に想えた。あいにく、版元に出向いていて玄白は留守だった。いまは、版元に日参朝駆けしているのだろう。彫師の座業はあらかた終わって、所狭しと版木が積まれているはずだ。作業場は桜の版材の削り屑に埋まり、芳ばしい匂いがむんむんとたちこめる。新書上梓の日は間近い。

版元の場所を知らないので、待つことにして床柱に腰を据えた。部屋には、まだ墨汁の匂いが滲みついて鼻白む。半年間、よくぞここへ通いつめた。その間、玄白はこの屋《おく》に寝泊りした。その情念、その粘り、いまさら只者ではない…直武は、追いたてられた三日間の難行に疲労困憊していた。

「直武くん！」出し抜けに、玄白の喜声に跳ねおきた。勢いこんで、両手をにぎる玄白にのけ反った。此の度ばかりは、易々諾々とは従えない。袴をはらって坐りなおすと、直武は、黙って解体書の包みを玄白の膝元に寄せる。画帖は片膝に押さえたまま、急いて前のめりになる彼を制した。

ついで、源内の跋文を渡して事の次第を説く。ウンウンとうなずきながら、玄白は、気もそぞろに画帖に目を走らす。予想どおり、源内の代書には一も二もない。

いよいよ扉絵なのだが、直武は画帖をおさえた片膝を崩さない。模写を渡すには、ひとつ大事な条件があった。彼の重々しい口振りに、何事か?と玄白はたじろく。「玄白どの。新書には、この書を挙げないで頂きたい」

一瞬、玄白はキョトンと瞳を見張った。人を焦《じ》らす男ではないから、よけい意味が解《げ》せない。焦って直武は、包みを指して繰りかえした。彼は、新書の凡例に模写した書物の書題を載せると知っていた。たしか五冊が挙げられていたが、それにヴァルベルダ解体書を追加しないように迫ったのだ。

なァんだと玄白の頬がゆるんで、「直武くん。承知、承知」と高らかに受け答えた。「承知いたした」。几帳面な玄白だから我を張る、と気負いこんだ直武は拍子抜けした。なぜ、載せてはならぬのか?と尋ねもしない。すぐさま画帖を引きよせると、玄白は、いそいそと結び紐を解きはじめる。その繊細な指先を見つめながら、直武は釈然としなかった。

新書はこの年、安永三年(一七七四)の仲秋(陰暦八月)に上梓されることになる。だから、すでに凡例の頁の版刻は済んでいた。解体図ではないので玄白は、扉絵の原著名を追記するつもりは更々なかった。一行を書き足すためには、三丁（六頁）も版木を彫り直さねばならないからだ。

そのことは黙ったまま、彼は、生唾を飲みこみながら画帖をひらいた。

七

わが国に蘭学を拓いた『解体新書』に関しては、語り尽されている。ただ、同書の序図の扉絵が、クルムス解剖書の元絵とはまるきり違うのだ。はたして、いずれの西洋解剖書の図柄を模したのか─それは、久しく残された謎とされてきた。

昭和十一年（一九三六）、イギリスの歴史学者・陸軍大尉のC・R・ボクサーは、解体新書の扉絵に言及して、一五六六年にアントワープで出版されたラテン語の、『ヴェサリウス＝ヴァルベルダ解剖書』の扉絵を少し改変したものと指摘した。

昭和十三年（一九三八）、洋学史家の岩崎克己は、ボクサー説に関し論及した。新書の扉絵がターヘル・アナトミアの扉絵と「全然関係の無いものであることは、両者を見れば直ちに判明する。然るに「解体図」の扉をボクサー大尉の著書の図版第四と比べて見ると、殆んど一致している、従って「解体図」の筆者小田野直武が、此の和蘭文解剖学書の絵標題を模写したであろうとするのは、決して無理な想像ではない。」と賛同し、この発見はボクサー大尉の大手柄と称賛した。

ところが彼は、そのあとに次のように記した。「茲に注意すべきは、ボクサー大尉が『解体新書』の原書なりと妄語したヴェサリウス＝ヴァルベルダ解体書が、『解体新書』の凡例中に見えていないことである。仮に絵標題紙のみを利用したにせよ、全然読めもしない解剖学書までが引用されている位だから、事実とすれば甚だ不思議である。仍って思うに小田野が「解体図」の扉に模写した洋書は、必らずしも大尉の云うが如きものではなく、『解体新書』の凡例に掲げられてある解剖学書中の或るものではなかったろうか。」

岩崎は、掌を返すようにボクサー説を否定し、「併し之れを立証することは、右の引用書の所在が不明であり、且つその悉くが必ずしも identity し得ない今日、恐らく絶対に不可能であろう」と断言した。

昭和十六年（一九四一）、医学史家の岩熊哲は、先行研究に言及して、「新書附図の扉は、ワルエルダ解剖書の扉絵を翻案したのではあるまいか」と指摘した。ワルエルダとは、ヴァルベルダのラテン語読みである。彼の論旨は明確でないが、同著は、一五七九年にアントワープで出版されたラテン語の最新刊の『ヴァルベルダ解剖書』であろう。

昭和四十三年（一九六八）、順天堂大学の小川鼎三は、岩熊説に異を唱え、「アントワープ版のワルエルダ解剖書のほうが、いっそう可能性が大きいとおもう」と主張した。同著は、一六一四年にアントワープで出版されたオランダ語の最新刊の『ヴァルベルダ解剖書』である。

昭和五十二年（一九七七）、順天堂大学の酒井シヅは、小川説を支持し、ヴァルベルダ解剖書のオランダ語版は一五六八年にも出版されているとした。さらに「しかし、これらの本の扉絵も解体新書のものと完全に一致していない。そこをこの扉絵を作った小田野直武の独創とするには無理がある。従って、もっと似た扉絵を持つ本が存在すると考えられているが、存在したとしてもそれはワルエルダの異本であろう。それほど解体新書の扉絵とアントワープ版のワルエルダの解剖書のそれは似ている」とし、異本の存在を示唆した。

斯くして、扉絵の元絵捜しは一件落着したかにみえた。

平成五年（一九九三）、医の博物館の中原泉《せん》は、『解体新書』の扉絵は、小川説の一六一四年にアントワープで出版されたオランダ語の『ヴァルベルダ解剖書』の扉絵を模写した、という動かぬ事実を立証した。

彼は、酷似する両扉絵を詳細に比較検討した。

新書の扉絵は、元絵の複雑な図柄を省いて全体に簡略化し、細い線を活かして和洋折衷に改変している。和紙からルネッサンスの様式美を発散しながら、随所に創意工夫を凝らした技巧は、藩絵師小田野の面目躍如である。

元絵の上段の紋章は、新書絵では逆立ちした二匹の鯱《しゃちほこ》の紋様に変わった。上段の横柱には「和東翻訳」とあるが、和東は和蘭（オランダ）の誤略であろう。中央壁面のタイトルは、縦書きに平明な大きい漢字で「解体図」、下段の碑銘には「天真楼」とある。天真楼とは、杉田の庵《いおり》の雅名である。いずれも字体は、秦《しん》代にもちいた篆書《てんしょ》の図形的な小篆《しょうてん》文字で、藩絵師小田野の教養をうかがわせる。

異邦のアダムとエバは、元絵と同様に肉感的だ。けれども、胸や腹の筋肉を消して、細い線で身体の輪郭を写しとっているので、二人のシンプルな体形の白さが際立つ。

右のエバのポーズはそのままだが、左のアダムは奥の左腕の動作が大いに相違する。腕をまっすぐに下げ、手首を曲げて手の甲で局部を隠していた。それはごく自然な所作であったが、手に小さな林檎をもっていて、それを局部に押し当てている。エバにむけた右手には大きな林檎をもっているから、新書絵は、アダムが両手に林檎をもった構図になった。

それは、元絵に忠実な模写を避けて、意表をついた部分改変であった。とにかく、破廉恥《はれんち》な描写を受け容れられず、小田野は、思い切った抵抗をみせたと推量される。

念を入れて中原は、コピーをとって両扉絵を対照した。判型が一回りほど違うのだが、新書絵は、背景の神殿と人物像のバランスが釣りあわない。元絵にくらべて、人物像が際立って大きい。

何気なく人物像に視点を据えて、二枚のコピーを透かしてアダム像を重ね合わせた。すると、大小異なるはずのアダムの体形のラインが、左腕の位置を除いてピッタリと一致した。あわててエバを重ね透かすと、これまた寸分たがわず合致した。透けた二重のアウトラインは、ぶれないエバを写しだしていた。

紛れもなく、模写にさいし小田野は、元絵の人物像にトレース用の薄い雁皮紙《がんぴし》を当てて、その輪郭をなぞって敷き写したと判明した。

その後ろめたさから、彼は、新書の凡例に『ヴァルベルダ解体書』を列ねるのを拒んだと推察される。何びとにも元絵を敷写したと知られるのは、絵師小田野直武の矜持《きょうじ》が許さなかったのだろう。

その彼の秘密が発《あば》かれたのは、『解体新書』上梓の二一八年後のことである。

三鬼弾圧異聞

一

作家の小堺昭三は、昭和五十三年（一九七八）十二月、『文藝春秋』誌上に「弾圧と密告者―『昭和俳句事件』の真相―」を掲載した。同文は、昭和十五年に新興俳句運動を襲った特高弾圧事件の〝真相〟を暴いた、三〇ページにわたる告発ルポである。

文中、彼は、新興俳句の旗手とされた西東三鬼に関し、次のように記述した。

「その男の俳句は天才的な出来ばえであったが、酒と女にだらしなかった。遊興費に窮したかれは、渡辺白泉の両親をたずね『わたしは特高の幹部と親しい。袖の下をつかませれば保釈にしてもらえますよ』と安心させて百円をだましとった。

同人たちのなかには『西東三鬼（本名＝斎藤敬直）は特高のスパイだ。みんなを裏切ったんだ』と疑うものもいた。東京在住の同人でなかったからである。かれには泳がされ、尾行がついていた事実があり、第三次（八月三十一日）で逮捕されたが、京都検事局が三鬼だけはわずか二ヶ月留置したのみで起訴猶予にしたことも、いっそう疑惑を深めた。」

文脈からみて、前段の〝その男〟とは三鬼を指しているが、同ルポで三鬼の事件に言及したのは、この一個所だけである。三鬼は、〝特高スパイに疑われた俳人〟とされ、その他大勢として重きをおかれていない。

昭和初期、花鳥諷詠の有季俳句を重んじ、俳壇は、高浜虚子を頂点とするホトトギス派が全盛であった。その伝統俳句の師系に捉われず、「京大俳句」の西東三鬼は、季語にとらわれない自由律無季俳句という尖鋭な新興俳句運動の先頭を疾走していた。

翌五十四年一月十一日、小堺は、ダイヤモンド社から『密告　昭和俳句弾圧事件』を出版した。当時は、まだノンフィクションとはいわず、実録やルポルタージュとよばれた。だから、同著は実録小説として扱われ、著者は社会派作家と称された。

同著のあとがきは、前年の十月二十四日と記されているから、小堺は、文藝春秋への寄稿と並行して同著の刊行をすすめていたのである。内容的には文藝春秋ルポは、本著を宣伝する予告的なダイジェスト版であった。

四六版二三三ページの同著には、三鬼は、にわかに準主役級の人物として登場する。

その二十八ページには、「西東三鬼は昭和十二年十二月の「京大俳句」誌上で『この強烈な現実こそは、無季俳句本来の面目を輝かせる絶好の機会だ』と仲間たちを叱咤していた。生きるか死ぬかの戦場では花鳥諷詠もハチの頭もあるか。有季定型などと言っておれるか。戦場こそ無季俳句のうってつけの素材だ…と三鬼は言っているのであるが、戦争俳句を大いに推奨したと解釈されて、かれは内務省当局の弾圧をまぬがれる幸運をつかむことになる。」とある。

小堺は、三鬼が戦争俳句を推奨した、と解釈されたことが官憲の心証を良くし、社会運動を取締まる特別高等警察（特高）の弾圧に手心が加えられたと説く。

けれども、彼は、「三鬼の作品を見れば、当局のいう反戦思想があるかないかは一目瞭然だ」と三鬼の作品を評した。一〇一ページに次のように記す。

「三鬼には「戦争」と題する、特異な感覚の戦争俳句がある。

〈機関銃眉間ニ赤キ花ガ咲ク〉

〈砲音に鳥獣魚介冷え曇る〉

〈泥濘の死馬泥濘と噴きあがる〉

戦争俳句は大いに詠むべしと言った三鬼だが、ホトトギス派がつくる戦争讃美俳句と同列のものではない。これらの作品は仁智栄坊の〈戦闘機バラのある野に逆立ち〉や平畑静塔の〈病院船牧牛のごとき笛を鳴らし〉にある反戦思想につながっている。戦争の非人間性を憎悪している。それなのに三鬼は二ヶ月間留置されただけで起訴猶予になり、静塔と栄坊は起訴された。」

小堺は、三鬼の俳句は戦争讃美ではなく、反戦思想を詠んでいると強調する。それなのに、同じ反戦思想をもつ平畑《ひらはた》静塔や仁智《にち》栄坊とは、特高当局の対応と処分が違うと義憤と疑念をいだく。

平畑も仁智も、三鬼の「京大俳句」の同人仲間である。「京大俳句」は昭和八年（一九三三）一月に京都で創刊され、平畑に誘われて三鬼は昭和十年四月に同人となった。同グループは、やがて官憲より反戦俳句結社の急先鋒とみなされ、同人たちは危険分子としてマークされる。

大戦前夜といえる昭和十五年（一九四〇）の二月十四日、同グループの京都の平畑静塔、波止《はし》影夫、井上白文地、中村三山、宮崎戎人、神戸の仁智栄坊の六人が、治安維持法違反により京都府警察部に逮捕された。「京大俳句」メンバーの第一次検挙である。

三ヶ月後の五月三日、第二次の検挙で、東京の三谷昭、石橋辰之助、渡邊白泉《はくせん》、杉村聖林子、大阪の和田辺水楼、淡路島の堀内薫の六人が逮捕された。

ついで四ヶ月後の八月三十一日、第三次の検挙で、遅蒔きながら東京の西東三鬼が大森で逮捕され、京都松原署に連行された。

これによって、「京大俳句」のメンバーは半年余の間に一掃され、結社は七年余りで壊滅した。そのあと、平畑、波止、仁智は起訴され、三谷は半年間勾留されて起訴猶予になったが、三鬼は、はやばやと二ヶ月後の十一月五日に起訴猶予で釈放された。

この三鬼の逮捕がもっとも遅かったこと、また起訴猶予の釈放が誰よりも早かったことが、当時、特高に協力した密告者ではないかと、検挙された同人はじめ俳人たちを疑心暗鬼に陥しめた。

二

小堺は八十四ページに、「三谷昭は四谷署に連行された。妻が涙を見せず、どこまでも耐える表情で見送ったくれたのが、かれにとってはせめてもの救いであった。同じ時刻、石橋辰之助は大森署に、渡辺白泉は大井署に、杉村聖林子は三田署にというふうに一網打尽になっていたが、一つだけ不可解なことがあった。かれらと同様に逮捕されて当然の、西東三鬼だけはひっぱられていないのである。」と記した。彼は、同時刻に四ヶ所で在京の四人が逮捕された第二次検挙を〝一網打尽〟と表現し、その網をまぬがれた三鬼を不可解とした。

さらに九十八ページには、「第二次で検挙されて当然の西東三鬼も、特高当局に協力した一人であった。だから、現在でも旧同人たちの『特高のスパイ』だった三鬼に対する感情には複雑なものがある。」と大胆に踏みこむ。文藝春秋ルポの〝特高スパイに疑われた俳人〃が、短絡に〃特高に協力した俳人〃と一変し、三鬼を特高のスパイと断定した。

そのあとすぐに、九十九ページでは次のように補足する。

「三鬼はしかし、自分から特高のスパイになったわけではない。心ならずも特高当局の協力者に仕立てあげられた囮《おとり》であった。当局が第二次検挙者リストからかれだけをはずしたのは、俳壇の社交家でもあったので自由に泳がせておこうとしたからである。そして、かれの大森の自宅附近には刑事を張り込ませ、出入りする俳人たちをチェックさせていた。」

つまり、三鬼は心ならずも特高の協力者に仕立てあげられ、自由に泳がされていた囮であったという。そうならば、彼は、裏切者ではなく思想弾圧の犠牲者であり、囮ならば本人は何も知らされず、本星を誘いだす道具にすぎなかったと解釈できる。

それを証するように小堺は、同じ九十九ページに次のような齟齬《そご》をみせる。

「三鬼自身は、なぜ自分だけが逮捕されないのかふしぎに思っていた。まわりを見ても仲間らは、囚えられてしまって一人もいない。俳壇の社交家で泳いではいても、仲間らがいなくなってはさびしいばかりでなく、平畑静塔や仁智栄坊や三谷昭らに対してはむろんのこと、かれらの家族にも自分だけがうまく逃げまわっているようなひけ目を感じないわけにはゆかなかった。(中略)そういう腹だたしさもあり、三鬼は女と酒におぼれ、家庭はおもしろくなく心がすさんでいた。そうしているときに特高からの要請があった。」

ところが、そのすぐあとの一〇一ページに、小堺は自家撞着《どうちゃく》をかさねる。

「第二次検挙からおくれること四ヶ月、八月三十一日に西東三鬼は逮捕されたが、三谷昭がまとめた自白手記を下敷にさせて書かせただけで京都検事局は、はやばやと十一月五日には起訴猶予にして釈放した。かつて三鬼は「京大俳句」に、戦争俳句は大いに詠むべしと書いているので、これが特高当局の心象《ママ》をよくしたのも事実だが、半分は協力してくれたことへの謝意であった。それがわかっているので三鬼は、はやばやと釈放されても鬱々としていた。かれは放浪の旅へ出た。」

ここでは、小堺は、はやばやと釈放されたのは、特高に協力したことへの謝意であり、三鬼はそれを分かっていたと言いきる。そのあと、鬱々と放浪の旅へでたのは、特高の協力者と俳壇の裏切者となった彼の自暴自棄な逃避行であったと憶測する。

弾圧の嵐のなか三鬼は、自分だけが逮捕されないことを不思議に思っていた。またそのことに引け目を感じていたという。それは、三鬼が特高に協力するという意思も、自分が特高スパイであるという意識もなかったことを意味する。したがって、小堺の断定した特高スパイ説とははなはだしく矛盾する。

ひとり置き去りにされた腹立たしさから、三鬼が女と酒に溺れ心が荒んでいったとするのも、行きすぎたこじつけである。

検挙から二十年後、三鬼は、自伝に後日譚を綴った。

自伝によれば、昭和十五年二月十五日、上京した神戸の仁智栄坊が約束の時間にみえず、三鬼は、異変をおぼえて問合わせた。そこで仁智は、大森で逮捕されて京都に連行されたと知る。あわてて関西同人の安否を調べ、この（第一次）検挙の事態を東京同人に伝えた。

彼らは、三鬼が「京大俳句」への参加を勧めた俳友である。皆一様に、検挙が東京へ波及するのではないかと不安に脅えた。三鬼にも、どういう理由で関西同人が逮捕されたのか、皆目分からなかった。

「その夜、私達は打ち揃って、弁護士湊楊一郎（句と評論同人）を訪れ、今回の事態について、法律上の見解をただしたところ、治安維持法以外にはないという答であった。そして、治安維持法にひっかけられれば、国内の緊張情勢もあって、何年たてば釈放されるかわからないことも知った。」

このとき、初めて治安維持法違反と教えられるほど、彼らは法権力に疎かった。

「私達の不安は極度に達した。辰之助夫人は妊娠中の身、聖林子も白泉も、新婚早々、昭は結核性関節炎で踵が腫れ上っており、私は胸の重患から、ようやく回復したばかりである。そして、もし私達が検挙されれば、すべての者は職を失い、家族は忽ち路頭に迷うであろう。」

俳友と家族を案ずるが、三鬼の憂慮に違わず三ヶ月後、石橋辰之助も、杉村聖林子も、渡邊白泉も、三谷昭も逮捕されることになる。

前後するが、七ヶ月後に逮捕された三鬼は、京都への護送の折、特高に検挙が遅れた訳有りを聞きただした。

「私が同様に京都に連行された時、最も執拗に特高に食い下がって訊いたのは、私一人を放置した理由であった。そして、それは全国の特高が『赤』の検挙をする時の、常套手段であって、いわゆる網の目をのがれた『同志』の出現を見張るための囮であったことがわかった。それを特高の口から聞いた時、私のはらわたは煮えくりかえった。」

小堺の三鬼囮説は、彼がこの三鬼の自伝の一節にヒントを得て、特高の常套手段を誇張したにすぎない。

さらに、小堺の無理押しは一〇二ページにつづく。この摘発の指揮をとった京都府警特高課の中西という警部が、平畑静塔に「西東三鬼はけしからん、どんなに責めてものらりくらりと尻っぽを出さん」とボヤいたという。

彼が静塔にことさらボヤいてみせたのは、「はじめから起訴する意思はなく、共産党リンチ事件の小畑辰夫の場合を考慮してのことである。小畑は『特高スパイだ』と宮本顕治らに怪しまれ、プロパカトゥルとして粛清される無残な結果になってしまった。西東三鬼もそういう運命にならないとも限らない…と案じた特高は、一応かれも逮捕して厳重に取調べたことに見せかけたのである。」という。

共産党リンチ事件を引き合いにだして、中西某がみせかけに用心ぶかく気配りしたとは、自説を為にする余りにうがった見方ではないか。

第三次にひとり検挙された三鬼は、起訴猶予で釈放されるまで六十七日間勾留された。第一次に検挙された平畑静塔、波止影夫、仁智栄坊の三人は、七ヶ月勾留されて起訴された。第二次の三谷昭は、六ヶ月間勾留されて起訴猶予になった。同じく渡邊白泉は、〈戦争が廊下の奥に立ってゐた〉の名句を詠んだが、見過ごされたのか、五ヶ月後に起訴猶予になって釈放された。

起訴された平畑、波止、仁智は、京都拘留所送りとなる。彼らは、編み笠をかぶせられ、腰縄をうたれて護送された。拘置所では、色褪せた青い獄衣を着せられ青い薄布団に寝かされ、はらわたの煮えくりかえる屈辱と憤りを味わった。さらに当時は有罪判決がでると、こんどは獄衣も夜具も赤色になったという。

翌十六年三月、たった二回の非公開裁判で三人には、治安維持法違反による有罪の判決が下り、懲役二年・執行猶予三年となった。

斯く、ほかの同人にくらべれば、たしかに、三鬼の逮捕は遅く釈放は早かった。

この逮捕の遅延と釈放の尚早に関し、小堺がまったく触れなかった事由がある。それは、三鬼と特高との相関を解きあかす真相である。

三

三鬼は、晩年の昭和三十四年（一九五九）から一年間、『俳句』誌上に自伝「俳愚伝」を連載する。彼は、個人的な手記と断りながら、俳句の昭和革新から、戦前戦中の弾圧、戦後の俳壇の流転を淡々と率直に記述した。文中、彼は次のように心情を吐露する。

「俳句を始めてからの私は、新興俳句の疾風怒濤の中を、夢遊病者のように彷徨した。職業に専心せず、家庭は棄てて顧みなかった。貧乏に沈んで行ったのは当然であるが、身体までいつのまにか蝕まれていたのである。」

「その翌日、大森の茅屋で、私は病に倒れた。

肺結核の急性症状で、発熱四十度であった。それからの高熱の毎日、毎夜、私は夢現の境をさまよった。

〈水枕ガバリと寒い海がある〉

という句が、その頃のある夜、ひらめきながら私に到来した。この句を得たことで、私は、私なりに、俳句の眼をひらいた。同時に、俳句のおそるべき事に思い到ったのである。」

昭和十年（一九三五）の十一月のことである。

にわかに肺結核を発症し、日々高熱にうなされる。その夢幻の境をさまようなか、あの読み手に迫る名句が閃いて俳句開眼する。遅れてきた三鬼三十五歳、悪寒に苦しむ冷え冷えとした病床に、神が天降ったのだろうか。

その頃、高浜虚子を離れて水原秋櫻子の『馬酔木《あしび》』に参加した山口誓子は、三鬼と同い年だが学生時代に肺病を患い、昭和五年、十年、十五年と、幾たびか死に瀕する闘病をつづけていた。

肺結核は結核菌による肺の伝染病で、当時ありふれた病気であった。感染しても毒性が弱く進行も遅いが、まだストレプトマイシンのような抗生剤がなかったので、致死率の高い死病と恐れられた。ひとびとは、〃肺結核〃をはばかって、結核などが胸膜に炎症をおこす〃肋膜炎〃に言いかえたものだ。

俳友が、三鬼宅を毎日のように連れだって見舞った。「彼等は、熱臭のこもった、結核菌の飛び散る部屋で、飽きもしないで俳句の話をつづけた。」

三鬼の職業は歯科医師だったので、自分の胸の病いが、菌を放散しない非開放性のタイプと知っていた。だから平気で、寝床を囲んで侃々諤々《かんかんがくがく》の俳句論に興じていたのだ。彼は、大森の隣の大井町の蕎麦屋で催される句会に、杖をついて足をひきずって参加した。

ところで、三鬼は翌十一年、病いの境涯を詠んだ十数句を「京大俳句」に投句する。

〈降る雪ぞ肺の影像《ヒルム》を幽らく透き〉
〈雪つもる影像《ヒルム》の肋かぞふ間も〉
〈骨の像こゞし男根消えてあはれ〉

掲句は、病床で肺を映したレントゲン写真をみて、病魔に取りつかれた我が身を哀れむ。

〈長病みの足の方向海さぶき〉
〈微熱ありきのふの猫と沖をみる〉
〈肺おもたしぼうぼうとしてただに海〉
〈冬海へ体温計を振り又振り〉

三鬼は海が好きで、しばしば神奈川の葉山海岸にでかけた。特高に踏みこまれる前々日も、『鶴』主宰の石田波郷《はきょう》らと葉山に遊んだ。のち波郷は、召集されて肺結核を病み、東京清瀬の結核療養所に療養する。

〈黒き旗を体温表に描きて咳く〉

〈水兵と砲弾の夜を熱たかし〉

〈ダグラス機冬天に消え微熱あり〉

題材は戦争だが、好戦俳句とみるか反戦俳句とみるか、当時は官憲の心証次第だった。

〈熱ひそかなり空中に蠅つるむ〉

のちに三鬼は、この病中句を次のように自註した。

「寝かされた石地蔵のやうな絶対安静。いつもかすかに熱があった。『空中』といふのが大げさだが、動けない者にとっては三尺上も『空中』であった。」

〈熱さらず遠き花火は遠く咲け〉

「いつまで経っても抜けない熱に飽き飽きしてゐた。夏祭りの花火の音が時々聞えて来た。勝手にしろと思ひながらもなつかしかった。」

〈静養期子と来て見れば汽車走る〉

「大分恢復して少しづつ歩いてもよくなった。小学生一年生の子が長患ひの父に汽車を見せたがった。黒い柵の間に顔をはさんで待ってゐると、其頃新製の流線型気罐車がダッシュして通った。その強さはこたへた。」

四

二年二ヶ月後、肺結核が再発して再度倒れる。三鬼は、昭和十三年（一九三八）二月十五日、芝の藤井病院に入院する。

「昭和十三年二月三日、私は再び病に倒れ、腰骨にカリエスが出来て、毎日、朝から四十度の高熱にうなされた。発病十日で、友人の病院に入院すると共に危篤状態になった。そんな事は、病人自身は知らなかったが、わざわざ関西から、平畑静塔や、棟上碧想子、また鹿児島から浜田海光（傘火）が見舞に来てくれたので、その人達の表情から、自分の病状の重いことを知ったのであった。

ある日、病室の外で、声をころした男の泣き声がきこえた。それは、今生の別れを告げに来た清水昇子であった。三谷昭や、その他の新興俳人達も、つぎつぎに来た。彼等はみな『さようなら』といって帰ったが、後から考えると、それは彼等の、死にゆく者への別離の言葉であった。」

詳しくは記されていないが、三鬼の病気は、いわゆる脊椎カリエスの併発を疑える。同病は、結核菌が脊椎骨にうつって骨の慢性炎症であるカリエスをおこす。放置すると骨がとけて膿がでるが、彼も腰骨から排膿したというから間違いないだろう。

さすがに、この昭和十三年の作句は少なく、病中句は残していない。

幸い、慈恵病院で脊椎カリエスの手術をうけ、二ヶ月半後の四月二十四日に退院できた。小堺によれば、仁智栄坊が三鬼を「ニヒリストらしい面があるかと思えば、俗っぽい面もあって自分本位のわがままもの」と寸評したという。肺結核と脊椎カリエスの二度の大患で、その偏屈だった人生観が変わる。「人間が時々刻々死に向って歩いていることが痛感されてきた」と、三鬼らしからぬ殊勝な述懐をする。

この退院から逮捕まで二年四ヶ月ほどあるが、この間、特高は「京大俳句」グループの首謀格として三鬼の内偵をつづけていたのだろう。当然、彼の大病の噂は聞き知り、入院した病院や手術した病院を調査し、その病歴は知り尽していたはずだ。

当時、結核症には食餌栄養と対症療法しかなかったので、ひとびとは、すっかり治癒する病いとはみていない。特高の警察官たちが、こんな感染症の既往をもつ半病人を敬遠したとしても頷ける。彼らは感染を恐がって接触を嫌がり、また彼を独居監房ではない留場に閉じこめるのを躊躇《ためら》った。とにかく、三鬼は気味わるい厄介な未決囚になるのだ。扱い次第では、あとあとトラブルになりかねない。そうした懸念が、ズルズルと検挙を遅らせたのではないか。

留置してからも、「俳愚伝」の記述から、警察サイドが腫れ物に触るようであったことが窺える。

「警部補は、そういう私を毎朝一時間位、散歩に連れ出した。建仁寺境内、祇園、四条大橋東側など、私は小路まで覚えてしまった。」

警部補とは、三鬼担当の高田警部補で、三鬼の体調を気遣ってか毎日一時間も散歩に連れだした。留置中に万一、三鬼の病気が急変して獄死でもされたら厄介だと恐れたのだろう。

「散歩から帰ると二階の応接間に入り、夕方までノソノソしている。夜は隣の銭湯へ、夜勤の特高が連れてゆく。食事ははじめ三食共、特高室から電話をかけて、自分で注文していたが、食事の度に『今日のオカズ何だんね』といって見物にくるのには弱った。」

三鬼には、豚箱のヒジキや沢庵の〝臭い飯〟ではなく、三食とも自前で仕出し屋に注文させた。獄中、一食十銭の仕出し弁当の差入れを許すのは、思想犯などを懐柔する取調べ側の常套手段であった。その三食のおかずを一々点検したのは、外部との内通を警戒するとともに、いちおう病人の栄養に気配りしていたのだろうか。警察署によっては、十ヶ月間も入浴させてもらえず悪臭ぷんぷんだった俳人もいたというから、銭湯通いさせた高田某らには、それなりの温情があったといえるのか。

このように三鬼の勾留には、当初から彼の肺結核の病歴を恐れ、感染を避けたいという特高当局の心理が働いていたのだ。

「京大俳句」の編集長であった獄中の平畑静塔は、罪を独りでかぶろうとして昭和十五年夏に自白調書を書いた。彼は、自分が「京大俳句」で唯一人の共産主義者であり、他の被容疑者は自分の煽動に惑わされたにすぎず、三鬼のごときは結核第三期症状で、一時間置きに喀血している等、嘘八百を並べたてた。平畑は医師であったから、彼の威した三鬼の病状は、さぞかし特高当局を慌てさせたことだろう。

なんとしても平畑は、「京大俳句」の中心である三鬼を監獄から助けだしたかったのだ。のちに、彼は三鬼の死去にさいし、〈もう何もするなと死出の薔薇《ば》薇《ら》持たす〉と弔った。

早く疫病神を追いだしたい特高は、三谷昭を手本に三鬼に自白調書を書かせようと躍起になった。すでに、七ヶ月勾留された第一次検挙組と、四ヶ月勾留の第二次検挙組は皆、自白調書を書きおえていた。三鬼は、のらりくらりとして応じなかったので、結局、厄介払いするのに二ヶ月もかかったともいえようか。

奇しくも、この年の三鬼勾留中の十月十一日、早逝した尾崎放哉《ほうさい》とともに、自由律俳句に先駆した種田山頭火が、四国松山で行乞《ぎょうこつ》俳人らしいころり往生して没した。四国小豆島の堂守をしていた放哉も晩年、肺結核に蝕まれて〈咳をしても一人〉と九音短律の句を詠んだ。

五

さて、小堺の『密告』出版から三ヶ月後の昭和五十四年四月、いち早く旧「京大俳句」同人の三橋《みつはし》敏雄が『俳句研究』に反論を載せた。

彼は、起訴猶予になった同人たちのなかで、三鬼ひとりが他誌の新興俳句の友人たちに、しきりに弾圧波及の危機を説いていたと回想した。「そのこと自体、なお思想犯保護監察法による保護監察をうける身にとっては、すこぶる危険なことであった、と思う。」と三鬼を擁護した。

事実、昭和十六年（一九四一）二月五日には、東京にある四つの俳句グループの嶋田青峰、東京三（のち秋元不死男）、藤田初巳、細谷源二ら、計十三人が一斉に逮捕された。「京大俳句」メンバーにつづく第四次の検挙である。

さらに、三橋は小堺本にふれて、根拠のない人身攻撃であると次のように厳しく指弾した。

「その文脈に窺える、取材対象者の独りからの聞き書きと思われるくだりに関連してのことだ。前記したような、あるいは疑心暗鬼の心情に基づく発言を、その事実の立証がないままに採用したような個所、とくに著者の責任において改めて記された〈『特高スパイ』だった三鬼〉という指摘と、そこからの恣意に類する人身攻撃のすべては、まことに重大な誤まりである。」

つづいて、俳人・俳句評論家の川名大も、同五月に『俳句』に反論を寄せた。

彼は、「小堺氏の著作は〝生き証人〟である存命中の被検挙者たちとの面談を通して、事件の真相を究明していくという体裁をとっており、そこには、戦後三十余年を経て、初めて語られたような貴重な証言も少なくない。」としながら、論証や推論は緻密周到な配慮のもとになされなければならないのに、週刊誌のルポ記事に類似した木目の荒い断定的な文体に終始していると酷評した。

彼の指摘どおり、小堺が生き証人の肉声を取材したのは、仁智栄坊、三谷昭、藤田初巳、平畑静塔、嶋田洋一、中島斌雄、中村草田男らである。いずれも遠い日々の後日談であるから、虚実を見極めるのは難しい。

加えて川名は、「疑問の一例をあげれば、三鬼は戦後、『天狼』（山口誓子主催・昭和二十三年創刊）を創刊すべく、「京大俳句」の仲間たちの間を奔走しているが、三鬼が事件当時、囮とされたときスパイをしたということであるならば、仲間たちは誰も三鬼に手を貸すはずはないと思うのである。」と指摘した。そのうえで、「ともあれ、小堺氏の三鬼スパイ説は、小堺氏から確証が出されない限り進展しない。一日も早い提出を重ねてお願いしておく。」と、小堺に証拠資料の開示を促した。

ここで、三鬼の次男の斎藤直樹は、『密告』が出版された昭和五十四年（一九七九）一月の、同じ月の二十一日に出版元のダイヤモンド社出版局長、翌二十二日に著者の小堺昭三に要求書を送付した。

三鬼は時流に迎合せず俳句一筋に生き抜いたとして、斉藤は、彼をスパイとした記述の取消し・訂正、および謝罪広告の新聞掲載を求めた。だが、両者の返信は、信頼に値する取材にもとづく事実であるとし、なんら誠意は示されなかった。

かさねて、斎藤は二月二十七日に出版社、著者、および代理人弁護士に同様の趣旨の要求書を送った。その回答は変わらず、話し合いによる交渉は一向に進展しなかった。

やむなく彼は、三鬼の弟子の鈴木六林男《むりお》に弁護士の藤田一良を紹介され、気重な訴訟の手続きをすすめる。鈴木は先年、三鬼の死を〈三鬼亡し湯殿寒くて湯は煮えて〉と悼んだ。

そして斉藤直樹は、昭和五十五年（一九八〇）七月三十日、小堺昭三とダイヤモンド社に対し、虚偽捏造に関し故人と遺族の名誉回復を求めて、大阪地方裁判所堺支部に提訴した。件名は、昭五五(ワ)第五六四号、謝罪広告等請求事件。

ときに、三鬼弾圧事件から四十年後、三鬼は昭和三十七年（一九六二）四月一日に六十二歳で亡くなったので、没後十八年になる。

裁判は、次のとおり粛々と進められた。

同五十五年十月一日、第一回口頭弁論。

〃　十一月五日、第二回口頭弁論。

〃　十二月十七日、第三回口頭弁論。

翌五十六年二月四日、第四回口頭弁論。

〃　三月四日、第五回口頭弁論。

〃　五月二十日、原告側証人・平畑静塔（俳人）出廷。

〃　九月九日、被告・小堺昭三出廷。

〃　十一月十一日、被告・小堺昭三、原告・斎藤直樹出廷。

翌五十七年一月二十七日、原告側証人・湊楊一郎（弁護士・俳人）出廷。

〃　四月二十八日、同じく湊楊一郎出廷。

〃　六月三十日、被告側証人・山下磨（ダイヤモンド社員）出廷。

〃　十月六日、原告側証人・三橋敏雄（俳人）出廷。

〃　十二月十五日、第六回口頭弁論。

とまれ、世情は開戦前夜の昭和十五年、俳壇史上類のない新興俳句弾圧が吹き荒れた。その渦中にあった三鬼は、官憲の格好の槍玉にあげられて投獄された。

昭和二十五年（一九五〇）秋、三鬼が仁智のシベリア抑留の帰還祝いを呼びかけた。静搭、波止、仁智は、出獄後九年ぶりに奈良で再会した。彼らは一夜を語りあかしたが、弾圧事件にふれると、三鬼は、「不愉快だ。思いだすのも厭だ。あの事件の話はやめろ」と繰りかえしたという。

さらに、バブルにわく昭和五十四年、亡き三鬼は謂れのない中傷をあびて、特高スパイの濡れ衣をきせられて汚名にまみれる。

図らずも彼は、生前と死後に二度の過酷な弾圧をうけた。昭和の新興俳句弾圧事件は、この死者西東三鬼を裁く判決をもって終結する。

六

提訴から二年八ヶ月後の昭和五十八年（一九八三）三月二十三日、裁判長大須賀欣一より判決が言いわたされた。

判決によれば、原告の斎藤直樹は、『密告』による名誉毀損に関し次のように主張した。

「本件文章は被告小堺の無責任な憶測によるものでなんら根拠もなく、真実に反するものであるが、『密告』という題名と相まって、前記俳句弾圧事件の真相を知らない多くの読者に、著名な俳人であった三鬼が、実は親交のあった仲間たちを特高に売渡した、人間として最も卑劣な『特高スパイ』であったとの強烈な衝撃を与え、三鬼に対して強い侮べつの感情を抱かせるに十分な内容をもつものである。」

「『密告』の刊行によって、死者である三鬼の名誉が広く、著しく傷つけられたことはいうまでもないが、三鬼の次男である原告自身の名誉も『スパイ三鬼の息子』として大きく傷つけられ、更に子として父三鬼に対して抱いていた敬愛追慕の情を著しく侵害された。しかも、右侵害は、将来にわたって『密告』が出版され、広く社会に流布される限り継続するものである。」

これに対し、被告の小堺昭らは、『密告』執筆に関し次のように主張した。

「被告小堺は、昭和史の知られざる部分を発掘することに情熱を燃やしている社会派作家であるが、たまたま、昭和十五・六年にかけての俳句弾圧事件を知り、このような重大事件が、一般には全く知られていないことに驚き、自らその真相を明らかにしてこれを広く世に問うべく資料の収集にとりかかり、その結果、執筆されたものが『密告』である。同書は、右の俳句弾圧事件の背後にいた陰謀者小野蕪子に焦点を定めながら、この事件を全体的にとり上げたものであって、特別に三鬼だけを扱ったものではない。

また、三鬼に関する記述も、彼の名声を貶める意図で書いたものではなく、逆に、特高当局に協力させられた特異な犠牲者として描いたものであり、その悲劇を世間に知らしめることが、事件の真相を後世に伝えるうえで必要であるとの考えに基づくものである。」

文中の小野蕪子《ぶし》は、俳句弾圧事件の黒幕といわれた東京のジャーナリストで、文字どおり『密告』の主役である。小堺は、彼を俳人としては二流だが、〝心ならずも囮にされた西東三鬼などよりははるかに恐ろしい大物〟と評した。国家権力をバックに俳壇を牛耳ろうとしたという小野は、戦中の昭和十八年に病死した。

「被告小堺が、三鬼が特高のスパイであるとの説をとったのは、当時の俳句界全般の事情に詳しい嶋田洋一から三鬼が特高のスパイであったと聞き、更に当時の事情を知っている仁智栄坊、三谷昭、藤田初巳、平畑静塔らから取材をするにつれて三鬼スパイ説を確信するに至ったもので、このような確信に達するについては相当の根拠があるのであるから、被告らには責任はない。」

文中の嶋田洋一は、第四次に検挙された東京の嶋田青峰の長男で、新興俳句派の「早稲田俳句」同人で、当時、三鬼とは親交があった。父青峰検挙のすぐあと、彼は、次は君が危ないという三鬼の耳打ちを過度に曲解したようだ。

両当事者の主張に関し、裁判長は次のように認定した。

「三鬼は、同年八月三十一日、ようやく特高警察に逮捕されたが、右逮捕が遅れた理由について静塔が質問したところ、担当警察官は、東京方面の新興俳句関係者の交流状況を把握するため泳がせておいたこと、及び三鬼の健康状態（同人には重症の結核の病歴があった）を配慮したためであると説明し、逮捕後三鬼に対しても同趣旨の説明が警察官よりなされた。」

裁判長は、三鬼逮捕の遅れた理由として、重い結核症の病歴をもつ三鬼の健康状態という証言を採用した。

「三鬼は、歯医者としての職業をなげうって俳句にのめり込んだ者で、芸術家にありがちな風狂な面はあったが、文学や芸術を厳粛に考える純粋な人で、友情に厚く他人に尽す人柄であり、自己の利益のために俳句の友人を権力に売り渡すような性格の持主ではなかった。」

「〈証拠〉によれば、嶋田洋一は右取材の際、三鬼スパイ説についてはなんら裏付となる資料又は証拠はないと述べており、更に嶋田洋一が執筆、公刊した『新興俳句弾圧事件体験記』、『俳句弾圧事件余録』、及び前記アンケート等の記述中にも裏付となる具体的根拠又は証拠についてはなんら言及しておらず、むしろ、右各記述内容によれば、嶋田洋一は、父である俳人嶋田青峰が新興俳句弾圧事件によって事実上殺されたことに対する恨みと、青峰が逮捕された当時三鬼が嶋田洋一に対してとった言動に対する個人的反感、及び三鬼が右弾圧事件において他の俳人たちよりも比較的短期間の勾留ですまされたことを短絡させて、憶測に基づき前記のように述べたものであると認めるのが相当である。」

「しかるに、〈証拠〉によれば、被告小堺は、右取材以外には格別三鬼スパイ説の根拠について調査もせず、従来三鬼が特高のスパイであると記述した資料もなかったのに、安易に嶋田洋一の右説明を信用して『密告』を執筆し、本件文章を記述したものであることが認められるから、本件文章は同被告の憶測による根拠のないものであるといわざるをえない。したがって、右主張は採用することができない。」

裁判長は、純粋で友情厚い三鬼の人となりを理会《りかい》したうえで、小堺が曖昧にしていた嶋田洋一を中傷の張本人として洗いだした。彼の発言は、個人的な反感と憶測によるもので、なんら裏付けがなく信憑性がないと仮借なく断じた。そして小堺は、嶋田の談話をそのまま信用し、それを恣意的に解釈して根拠のない記述をしたとし、三鬼スパイ説は小堺の憶測と虚偽である、と断定した。

その結果、裁判長は、次のように判決を下す。

「被告らは、原告の名誉を回復するための適当な措置として、原告に対し、共同して、別紙(一)記載の謝罪広告を株式会社朝日新聞社（東京本社）発行の朝日新聞、株式会社毎日新聞社（東京本社）発行の毎日新聞の各朝刊全国版社会面に、見出し、記名及び宛名は各一四ポイント活字をもって、その余の部分は各八ポイント活字をもって、各一回掲載するのが相当であると認める。

そして、原告が被った前記精神的苦痛は、右謝罪広告によっても償いきれるものではなく、本件文章等の内容、三鬼の死亡後『密告』が刊行されるまでの時間の経過、その他本件にあらわれた諸般の事情を考慮すると、右精神的苦痛は三〇万円をもって慰謝されるものであると認めるのが相当である。」

七

法廷には、鈴木六林男はじめ新興俳句の俳人約四十名が傍聴した。

判決後、鈴木は毎日新聞の取材に「三鬼がスパイ呼ばわりされ、若い俊英たちの新興俳句運動が危うく抹殺されるところだった。本当にうれしい」と語り、今の心境を問われて〈三鬼勝つ桜前線近づきつつ〉と詠んだ。

翌二十四日の毎日新聞朝刊社会面に、五段抜きの大見出しで「西東三鬼氏、特高スパイでなかった」「判決で死者の名誉回復」「遺児に慰謝料と謝罪広告を出せ」「小堺昭三氏の小説「密告―」〝敗訴〟」とでかでかと報じられた。

記事には、斎藤と小堺の次の談話が載った。

「ようやく父三鬼と私たち遺族の無念を晴らすことができた。何の反論もできない死者のことを書く時は、より慎重な調査が必要だ。単に小堺氏のみの問題ではなく、物を書く人の最低のモラルだと思う。」

「敗訴はショックだ。西東さんをスパイと主張していた俳人からの取材に基づき『密告』を書いたが、この俳人が提訴前に亡くなり、証人になってくれる人がいなくなり、このため裁判所に認めてもらえなかったもので残念だ。控訴するか、どうかはダイヤモンド社や弁護士と相談して決める。」

同紙の解説欄では、判決は「表現、学問の自由といえども虚偽の事実をもって他人の権利、名誉を侵害する自由まで保障するものではない」と守るべき一線を改めて示し、文芸関係者の間に反響を呼んだと説いた。

俳壇の重鎮の飯田龍太は、取材に応じて次のように語る。

「〝死人に口なし〟という言葉があるが、文章にたずさわる者にとっては、〝死人にも口がある〟というのが最低限のモラルである。根拠薄弱なことを、それも本人の人生をくつがえすようなことを軽々しく書くべきではない。小堺昭三氏は訂正文書を書くなど、文筆のことは文筆で解決すべきだった。」

実は、今回の判決は、死者の名誉権に関し法曹界においても注目をあつめた。

提訴は、三鬼と遺族の名誉が毀損されたとして、両者の名誉回復措置を求めていた。死者にも名誉を守る権利があるとした城山三郎の小説『落日燃ゆ』事件（昭和五十四年）等を引用しながら、裁判長は、死者の名誉や人格権の侵害行為についても、不法行為の成立する可能性はありうるが、救済方法については、現行の実定法上の規定がないとして、三鬼の名誉回復措置については退けた。

その一方で、遺族の名誉回復措置として謝罪広告掲載の請求は認めたので、実質的に死者の名誉回復措置を認めたことになった。これは、死者の名誉権と名誉回復に関する本邦の裁判史上初めての判例であった。

四月八日、被告側は「裁判所が三鬼をスパイでないと積極的に認定したが、歴史上の事実を裁判所で争うのは適当でなく、歴史を書く人が裁判所外で論争すべきであると認識しているので、控訴しないことにした」と控訴を断念し、刑が確定した。

追って四月三十日、朝日新聞と毎日新聞の朝刊社会面に、次のような謝罪広告が囲み二段で掲載された。

謝罪広告

著者小堺昭三、発行所株式会社ダイヤモンド社として刊行した小説『密告』九八頁中俳人故西東三鬼を「特高のスパイ」と断定し、それを前提として九九頁、一〇一頁、一〇二頁にこれを敷衍した文章は、事実に反し、故西東三鬼氏に対する世人の認識を誤らしめるものであり、そのために同氏の子息である貴殿の名誉を毀損致しました。よって、ここに深く陳謝し、将来再びこのような行為をしないことを誓約致します。

小堺昭三
株式会社ダイヤモンド社

大阪府泉大津市高津町四番一〇号
斎藤直樹殿

既刊　医の小説集『生きて還る』
胸部外科病棟の夏
生きて還る
一掬の影
逃げる
空蝉の馬琴

既刊　医の小説集『リンダの跫音』
市振の芭蕉
金木犀の咲く頃
リンダの跫音
一茶哀れ

中原　泉（なかはら　いづみ）

1962年―67年　同人雑誌「文学街」同人
1968年―73年　同人雑誌「十四人」同人
2008年　医の小説集『生きて還る』
2011年　医の小説集『リンダの跫音』

医の小説集
一口坂下る

2014年7月31日　初版第1刷発行

著　者　中原　泉
発行者　伊藤寿男
発行所　株式会社テーミス
東京都千代田区一番町13-15　一番町KGビル　〒102-0082
電話　03-3222-6001　Fax　03-3222-6715
印刷 製本　株式会社平河工業社

ISBN978-4-901331-26-5